おわりのそこみえ

図野象
Zuno Sho

河出書房新社

おわりの
そこみえ

I

コンビニに駆け込んでおろしたお金に、例えば消費者金融のマークが大きく書かれていたとしたら、ちょっとは借金のことを真剣に考えるのかもしれない。

あら、この子借金したお金でコンビニのおにぎり買ってるわ、若いのに恥ずかしくないのかしら、しかも女の子、いやあねえ、なんてレジのおばちゃんに思われて。でもきっとそんな恥ずかしさにも慣れるんだろう。

昨日、ベッドに寝転がってスマホで借り入れの申し込みをするときもなんの感情もなかった。操作方法にも虚無感にも慣れ切っていた。

消費者金融のアプリとマッチングアプリを交互に見ながら、イイネ、とか、申込完了、とか、かわいいね、とか、返済期限は、とか。どっちもただの作業でしかない。顔のいい男だったからイイネを押し、お金がなくなったから借りた。全部が毎日のように繰り返されるただの現象だった。そこに私という個人はいないし、生活は勝手に進んでいった。これからも勝手に進んでいっちゃうんだろう。夢を見るために男と会い、なにかを満たすために借金をする女の子。そんな私を遠くの私が見ている。そんな感じ。でもこれが私にとって生きるということだった。

こんなふうに私の無意識が性的娯楽や金融サービスと遅滞なく連携することで、セックスと借金が生活習慣の一部になった。だから知らないうちに増えていく経験人数や借金が今どれくらいなのか、私は知らない。

普通の人が普通にお金をおろすのと同じような顔でＡＴＭの前に立ち、私の名前が書かれていない一万円札を手にする。

店内の時計を見て、バイトに遅れるから急がなきゃと思うのに手にカフェオレを持ってレジに並んでいる。店内に流れるアイドルチューンを結構いいじゃんと思ったりする。

商品棚に目をやれば、今期のクールでいちばん熱いアニメのキャラのフィギュアがついているお菓子があって、どうしても買わなきゃいけないと思ったから抱えるようにして持てるだけ持った。どうせなら全キャラをコンプリートしたい。

私の前に並んでいる作業着姿のおじさんは少し振り返ったけど、すぐに前を向いた。最近はいろんな若者がいるんだよ、と言ってあげたかった。

おじさんからはいつかの柔軟剤の香りがした。幼馴染の加代子《かよこ》と同じかもしれない。高校の汚い更衣室や憂鬱《ゆううつ》だった毎日を思い出す。加代子とはいつも一緒にいたけど別に好きじゃなかったな。どうでもいいけれど。

四千円もかかった驚きはすぐに忘れてコンビニを出た。一応速歩で駅のロータリーをめざし、いちばん気力のなさそうなタクシーに乗ってバイト先の場所を告げる。無言で化粧をしながら時間を確認し、たぶん五分前には着けるだろうと思い、やれやれ疲れた。

手を止めて窓の外を見れば冬の快晴で、春はまだ遠かった。

去年もタクシーから同じような風景を見た気がする。今日と同じように借金をしてタクシーに乗ってバイトにいった。日当七千五百円のバイトに遅刻しそうだから二千円払ってタクシーに乗る。週のうち三日はタクシーに乗っているし、結局だいたい遅刻する。

こんな生活を数年間続けているなんて正気じゃない。借金を返すための労働のはずなのに、借金をするために働いているみたい。バイトは辞めたいし今すぐ死にたいのに、借金があるから仕方なく生きているなんて笑っちゃう。

「お姉さんこの間も乗せたよ。お仕事でしょ？　大変だねえ」

バイト先の倉庫の前に着いたとき、運転手がバックミラーごしに舐《な》めるように私を見てそう言った。

「そうですか？　人違いかも」

「そう？」

毎日のようにタクシーでバイト先にいくような生活をしているから、運転手に顔を覚えられることもあるだろうに、つまらないうそをついた。

タクシーの匂いに酔い、渡した二千円に消費者金融のマークが浮かんできた気がして、なるほど私は生きるのが得意じゃない。


一分前にタイムカードを切り、慌てて作業着に着替えて倉庫に入ると奥の事務スペースに全員が集合していた。朝礼なんてしたことがないのに「早くきなさい！」と社員のおじさんが叫んでいる。

「時間に余裕をもって出勤するようにいつも言ってるよね？　遅刻も多いし。そういうのは困るんですよ」

うだつの上がらないおじさんは怒ることに慣れていないから、二十代の私にも敬語だし語気も弱い。だから怒られるのは別にいいけれど、パートのおばちゃんたちの白い目と薄ら笑いにはげんなりする。

「今日から働いてくれるようになった宇津木《うつき》くんです。貴重な男手なのでみなさん仲良く協力して仕事をしてください」

箱詰めのバイトでいったいなにを協力するんだよ、なんて誰も言わないし、パートのおばちゃんたちは若い男の子にちょっと色めいている。

「すみません、う、う宇津木です。二十五歳です、ふふ。バイトとかも、あんまりしたことないですが、よろしくお願いします」

にやけ顔で吃音《きつおん》で、奇妙な間合いのその話し方は高校のころから変わらない。きっとこれまでも苦労したことはあったと思う。でもおばちゃんたちが相手なら若いというだけでなんとかなる。顔も悪くないし清潔感はある。高身長でやや肉のついただらしない体も愛嬌《あいきょう》があるといえばある。

高校の同級生と同じ職場で働くことになるとは思わなかった。しかもお互い二十五歳なのにアルバイトだなんてね。

宇津木は私にウインクするみたいに微笑んだ。おかしな顔だった。おばちゃんたちはそれを見ていた。

私語禁止の中もくもくと作業をし、ダンボール箱が悲しみみたいに積みあがっていって午前が終わった。

お昼休みはいつものとおり外に出て、コンビニでお弁当を買う。

商品棚を見て、朝のコンビニでフィギュアつきのお菓子を十個くらい買ったことを思い出す。リュックの中につめこまれているそれらの箱を開けてひとつずつ中身を見るのがちょっと億劫《おっくう》な気もした。別に買わなくてよかったなとは思いつつ、でもこういうのも無意識みたいなもので、私の知らないところで買い物がなされている。物が私に勝手に買われていく。ちょっとなにを言っているかわからないだろうけど、私にだってわからない。

コンビニを出ると宇津木が立っていた。なにがおかしいのか、よくわからない笑みを浮かべて私を見ている。昼休みになったとき、宇津木はおばちゃんたちから話しかけられるのをあからさまに無視して私を追うように外に出た。ずっと私に話しかけたかったのかもしれない。

なに、と訊くと、ちょっとな、と照れたように言った。

「元カノのことが心配なんだ。SNSの更新が、止まったから。だから、もも元カノになにかあったときのために、すぐ休んだり辞めたりできる仕事がしたくて、この仕事選んだ。別にここ、大丈夫だろ？　今日バイト、休みますとか」

目が泳いで会話が絶望的に下手で、でもやっぱり私はこういう人のこと、別に嫌いじゃない。

「ねえ、おばちゃんたちと会話したほうがいいよ。にこにこしてるだけでもいいけど。愛想至上主義みたいなところあるし」

私はそう言って宇津木の返事を待たずに歩き出した。ああ、と言って宇津木はついてくる。

「元カノは、本当はいいやつだ。ストーカーしているとわかる。でもいつも、孤独だ。どうすればいい？」

知らないけど、と私は笑った。

「迷惑かけないようにしてるなら好きにすれば？」

いつものベンチまできて腰を下ろすと、宇津木も毎日そうしているかのように私の隣に腰掛けた。

「遠くから見ているだけで彼女を守れるのか、そういう話だ、最終的には。よくＳＮＳで『死にたい』とつぶやいている。いや、つぶやいていた。最近、更新が止まったから、ほんとに死のうとしているのかもしれない。だから、時間の許す限り、彼女の家の前で待ったりしているわけだが、そういうので本当に彼女を守れるのか、そこのところなんだ、大事なのは。彼女を死なせるわけにはいかない」

私はからあげに伸ばしかけた箸を止めた。宇津木があんまりバカなことを言っていたから。

「あのさ、その『死にたい』もファッションみたいなものでしょ？　ＳＮＳとかではとりあえずそう言っておくの。死にたいな、って。わかる？　そういう女子はそうやって生きてくの。死にたいって言いながら生きるの」

「君も？」

「たぶんそうね」

宇津木はうつむいてなにかを考えていた。せっかくレンジで温めた弁当がすぐに冷めてしまって、だから冬は嫌だった。

「元カノは、僕がストーカーであることを、嫌がっていると思うか」

「嫌がってるんじゃない？　警察に相談してるかもよ」

冷めた白米のせいで冷たい言い方になった。

「迷惑なら、改める。ただ守りたいだけだ」

宇津木はそう言うとベンチから立ち上がり、去った。弁当を買ってきたらまた戻ってくると思っていたのにこなかった。

死にたい、と心から訴える人間も「本当？」と訊かれれば「冗談だよ」と答える。でもその翌日には電車に飛び込んだりする。「死にたい」が真実かファッションかなんて本人にさえわからない。それをちゃんと宇津木に伝えるべきだったかもしれない。元カノに死なれようが私の知ったことじゃないけれど。


午後は立ったまま眠っていたようなものだった。ミスは多いし、バイト歴が長いおばちゃんには嫌味を言われるし、ろくなことがなかった。これも昨日のマッチングアプリによる夜更かしのせいだ。どうして深夜まで男に愛想をふりまく必要がある。どうせたいした男じゃないのに。せいぜい彼女持ちヤリモク男と数回セックスするだけなのに。

もちろんいい男と出会ってちゃんと付き合いたいとは思うけど、いい男がマッチングアプリにいるはずはないし、いてほしくもない。いい男がマッチングアプリで恋人をつくる世界を私は愛せない。

昨日夜中の三時にチャットでやりとりした男のうち、今日のバイト終わりで会う約束をした人はロン毛かマッシュボブか、いずれにせよバンドマンみたいな男だった気がする。

バンドマンみたいな男はいい。彼らは自分がいけてると思っているし、女を軽視している。本命の彼女の家で浮気相手を抱くし、これまで抱いた女の数は覚えてないと言いながら、ちゃんと心で勘定している。そういうみっともなさがいい。

でも夜中までやりとりしてわざわざ今日会う必要はなかった。安いセックスの香りを嗅《か》ぐために当然寝坊して、借りたお金でタクシーに乗ってアルバイトにいって怒られて。

それでも期待はする。私のこのどうしようもない人生を一変させてくれるような男と、運命的に出会う可能性はゼロじゃない。ぬるい地獄みたいな毎日が輝き始め、なにもかもが快方に向かうような出会い。

午後五時の終業時間になると、宇津木が駆けよってきて今日の予定を訊いてきた。男と会うと言うと、へえ、と含み笑いをした。彼はすぐに着替えを済ませると誰にも挨拶をすることなく職場を出ていった。

それからのおばちゃんたちの宇津木への悪口はすさまじかった。愛想が悪いというのは彼女たちにとっての絶対悪なのだ。吃《ども》りや挙動不審のことを嘲るのはもちろんのこと、思いつく限りの悪い噂をつくりだした。

「若い男の子でこんなアルバイトって変じゃない？　きっとなんかあるわよ」

「まああんな態度じゃどこも雇ってくれないから、まともなとこに就職できないんじゃないの」

「きっとあれよ、犯罪。前科があってまともに働けないのよ」

「絶対性犯罪ね。痴漢とか盗撮とか」

「怖いわね、私たちも気をつけなきゃ」

大きな笑い声。ばばあを盗撮して誰が喜ぶ。宇津木が性犯罪者であってもあんたらの思い込みと笑い声のほうがよっぽど怖いよ。

きっと私もあることないこと言われているんだろう。男癖が悪くて借金があって家族にも問題があって、とか。まあ事実なんだけれども。

私も宇津木に倣《なら》って挨拶することなく職場を出、十五分歩いて駅のトイレで化粧を直した。

誰に似たのか、顔はかわいい。小さい顔に大きな目。特徴の少ない鼻、口、なにより配置がいい。

女はかわいければ人生楽勝イージーゲームみたいなこともよく聞くけど、そうではない人間もいる。私はそのイージーゲームに難解なステージをわざわざつくりだしてゲームオーバーをただ待っている。人生がコンティニューのない仕様だったことは唯一の救いかもしれない。


すっかり夜も更けて気温が下がった。嫌になるくらい寒かった。

待ち合わせ場所には絵に描いたようなウルフっぽいロン毛のバンドマンが立っていた。ドクターマーチンの3ホールに黒いスキニー、シームレスのダウンも黒で不健康そうな顔をしている。細身の長身で歯にはヤニ。とがった目は若いころのチバユウスケみたい。

こんな人ほど話し方や物腰は柔らかく、安心感のある低い声で「ちょっと酒でも飲もう、寒いしおでんとかどう？」と言われたらおでんの気分にもなる。

アメというハンドルネーム以上のことは教えてくれなかったし訊く気もなかったたけ

ど、お互い最寄り駅が同じで家が近いことがわかった。それなら都会まで出る必要なかったね、とアメは言った。

今年三十歳になるというアメは熱燗《あつかん》もしらたきもごぼ天もなんだか様になっていた。私もあと五年経ったら日本酒やおでんが似合うようになるのかもと思うとちょっと嫌だった。そんな歳になるまで生きるつもりはないけどね。

アメはいい男だった。話はおもしろいし余計なことは言わないし訊いてこない。それになにより顔がいい。

「ぷー、よ、ぷー。三十で。音楽やってます、ってどんな顔して言えばいいの？」

定職につかずその日暮らしで顔がいい、というのが私に関わる男の基本条件なのかもしれない。

「やっぱり音楽やってるの？」

「超やってるよ。うそ、超やってるわけじゃないな。音楽で飯食っていこうなんて一瞬も考えたことないしね。でもなんか音楽やってますって言えばいろいろ許されるじゃん、二十代って。それが三十になっちゃって、もうどうしようもないんだよね」

小さく笑う口元から見えるぎこちない歯並びまで好きになりそう。

「でも音楽だけで食っていけてます、みたいな顔してる」

あー、だよね、とアメは頷《うなず》く。

「そういう顔だけはうまくなってくんだよ。なんかこの人、普通の人と違うかも、って感じさせる雰囲気だけは立派に身につけてんの」

「フジロック出たことある？」

「あー、あのときね、昔の話だよ」

「うそまでつくの？」

「ほんとのことなんてどこにもないよ。ずっと探してるけどさ」

アメは最初の数分でこの女はこのまま抱けると判断したんだと思う。男特有のセックスへいざなうための不器用なジャブ、これをまともに顔面で受けるようなふりをするのが私は得意だ。

「えー、見てみたいかも、うふ。知りたいかも、えへ」

これを相手の男に合わせて妙な加減でやる。それだけ。でもやりすぎると警戒はされる。初対面だと特に。アメもそうだった。

横並びのカウンターで腰に手を回したりしながら、口説くというよりは、この女はややこしくないか、面倒ではないか、ということを暗に確認するような会話が続いた。私は「数人しか付き合ったことがないけど、付き合ってない人ともセックスしたことはある」と恥ずかしそうに言ったりした。さもうぶで健全でちょっとだけ刺激がほしい、地方から上京したての慶応大学一年生みたいに。

そもそも私からしたら会ったときからセックスの予感はあったんだから、駆け引きみたいなものは必要なかった。要は早く抱いてくれ、ついでに恋人になってめちゃくちゃに束縛してくれ、すぐにハートを潤してくれ、という話だった。

恋人がいるかどうかなんて野暮な確認はお互いにしないまま店を出た。最初だけね、と笑って飲み代もごちそうしてくれて安心した。なぜだか三千円しか財布になかったし、帰りの電車賃とかホテルを出てから飲むホットコーヒーの分は残しておきたかった。

スローなセックスだった。コンビニで買った酒を片手に肌をくっつけて、ゆっくりゆっくり溶けていった。

ちょっとイメージと違った。獣みたいなほうがかわいいと思ったかもしれない。アホのバンドマンはその下手なセックスに誤った自信があるからこそ、女の心にも余裕が生まれるのに、丁寧な緩急をつけたセックスをしちゃうと記憶に残ってしまう。そのときの会話や快感をひとりでベッドで寝ているときに思い出したりしてしまう。その記憶を頼りに生きていくことになってしまう。走馬灯のワンシーンに緩急をつけたセックスは不要だし、死に際までそんなことしか頭に浮かばない人生はさぞ退屈だろう。でも死に際になにを思い出す人生が正解なのか、きっと私は最後までわからない。

ベッド頭上の照明パネルの緑色と、バスルームから漏れるオレンジ色が部屋の中でぼんやり混ざり、アメの痩せた体が前後に揺れる。細くてきれいなシルエット、触ればつるつるとした毛の少ない体に骨の感触がある。お腹はやわらかく筋肉はない。ただ怠惰に痩せている。

キスをすると彼の長い髪が私の顔に落ちる。私は両手でその髪に指を通し、顔の輪郭を確かめてからアメの耳を塞いだ。私とのキスの音が彼の脳に広がってほしかった。セックスでしか満たされない部分というのは確かにある気がする。頭なのか心なのかはわからないけど少なくとも私にはある。私の中の空洞に、唾液とか精液とか涙とかとりあえずのものを注いでコンドームで蓋をして。結局腐敗を早めるだけなのはわかっているけれど、空洞がなくなるならそれでいい。

きっと私は喉が渇いたら海水も飲む。満たされないで生きるより、自分を騙して死んでゆきたい。

アメの腰の動きが速くなって、男がイクときの顔が好きな私は目をぱっちり開け、その情けない顔を眺めた。よかった、やっぱり情けなくて。スローセックスの醍醐味でもある行為中の雑談も、射精の瞬間は全部中断して本能に収束していくのがいい。バカみたいだから。

アメはひと仕事終えたみたいな声を出して仰向けに大の字になった。私はアメからコンドームをとり、実った稲穂のようになったペニスを口に含んだ。ゴムの味が珍味であるかのように丹念に舐めた。くすぐったい、とアメは言った。

出会う男に対して三人に一人くらいの割合で思うことだけど、私はアメと交際したい、と思った。事後のペニスを舐めていて、強く思った。

だからアメがソファーに移動してタバコに火をつけたときも、私は健気に彼の前に膝をついてペニスを舐めた。アメは笑って、いかれてて好きだよ、と言った。

彼がシャワーにいくとすぐに彼の携帯を見た。きちんと交際したかったので。ロックがかかっていたけど、暗証番号を盗み見るのは癖みたいになっているから、居酒屋で飲んでいるときに確認していた。

アメにはやっぱり恋人がいたし、おそらく一緒に住んでいるし、昨日とおとといはその恋人とは別の女とセックスしているらしかった。

私がいちばん興奮したのが、天野《あまの》浩介《こうすけ》というアメの名前だった。ダメな男にもちゃんとした名前があって、きっとご両親がちゃんと考えて命名していて、それを「アメ」なんていうださいハンドルネームにして女を抱くその圧倒的なみっともなさにどきどきした。

SNSのアカウント情報を自分の携帯にメモした。これでいつでもアメのことを知ることができる。これじゃまるで宇津木みたいだなと思った。元カノを守ると言ったときの彼の表情を思い出して、その効果はともかく、それが彼の生きる理由になっているのはうらやましかった。いやどうだろう？　アメを監視することが私の生きがいになって、それで私は幸せなのかな。

朝、週末料金一泊一万二千円というホテル代を「半分出せる？」と訊かれたときは、この男の記憶力が極めて悪く、私の献身的セックスのことも忘れてしまったのかしら、と思った。財布には三千円しかなかった。

「じゃあ三千円でいいよ」

「電車に乗れなくなっちゃう」

小さく舌打ちが聞こえたから慌てて「次はちゃんと払うから」と猫なで声で言ってようやく全額払ってくれた。

ホテルを出る前に足を止め、男の腕を引いてかわいくキスをするという、これまで何千回と繰り返した女の安い情緒でアメとお別れした。

朝の、人の少ない下り電車にひとりで揺られて最寄り駅に着き、家までの帰り道でおろおろ泣いた。涙の意味もわからなかった。

泣きはらした顔を近所の人に見られたくなくて、うつむきながら歩いて、顔を上げたときにようやく気づいた。

家の前に宇津木が立っていた。

2

カラフルなシャツやセーターが部屋を埋めて、明るい緑や赤の間から古着の匂いが広がる。二十五年住んでいる私の部屋。

山積みになっている服の半分くらいは着たことがないと思う。確かに店で見たときは圧倒的にかわいい服だと思ったし、もし今も同じ服が店にあったなら迷わず買う。それを実際に着るかどうかは偶然性によるもので、適切な日に適切な場所に散らかっていて私の気分がマッチすれば、着る。その偶然は私がコントロールできるものじゃない。でもこの服が全部なくなってもなんにも悲しくないし、部屋の床が見えるようになってむしろ喜ぶと思う。だからもう私に服を売るのはやめてもらえないかな？服だって私の部屋の絨毯になるつもりで生産されてないはずだし。

机の上にあった消費期限切れのチョコの菓子パンを朝ごはんとして食べながら、飲み物を探してリュックの中に手を入れると、いつかの朝にコンビニで買ったフィギュアつきのお菓子がごっそり出てきた。

キャラを確認するために数箱開封したのにキャラ被りばかりで、全五種類のキャラのうち三種類しか手に入らなかった。あと三箱あったけど、開けるのが億劫になってやめた。五種類コンプリートできるかどうかなんてどうでもいいことだった。もしちゃんと集めたいのなら、フリマアプリとかで必要なものを買えばいいだけだし、絶対そのほうが安く済む。

そう思いながら何気なく未開封の箱を見ると、どのフィギュアが中に入っているかわかるように書かれていた。つまり、最初から箱をよく見て五つ買えば全部のキャラがそろうようになっていたということだ。いよいよバカらしくなって、部屋の隅にそれらを押しやって古着で隠した。私の失敗を隠すために生産された古着で。

誰かが家を出ていく音がした。お父さんかお母さんかわからないけど、家に誰もいなくなったのだと思った。でも鼻歌まじりでリビングにいけば、お父さんがテーブルでお茶を飲みながらテレビを見ていた。鼻歌はお母さんに聞かれるよりもお父さんに聞かれるほうが断然嫌だった。

冷蔵庫を開けてコップにオレンジジュースを注ぎ、部屋に戻ろうとしたとき、おい、とお父さんは言った。

「朝、帰ってきたんか？」

「なにが？」

振り返って不機嫌な声で私は答える。お父さんなんかとは金輪際話したくないんだ、みたいな態度をとる。なぜかは知らない。

「この前、朝に家に帰ってきたんか？」

アメと会った日のことを言っているのだなと思い「そうだよ」と答えた。オレンジジュースを飲みほし、台所に戻ってシンクにコップを置く。

「お母さんになんか言われたの？」

私がそう訊くと、いや、とお父さん。

「ま、なんでもいいけど、俺や母ちゃんみたいになるなよ」

「なにそれ？」

お父さんは、へへ、と鼻を鳴らしてテレビのほうを見た。まだ昨日のお酒が残っているんだろう。毎日致死量くらい焼酎を飲んで黙ってテレビを見ているお父さんが、朝から話しかけてくるのは珍しいことだった。

築六十年くらいの木造二階建ての狭い借家、最寄り駅から徒歩二十分以上、車も昔に廃車。こんな家にしか住めないような人になるな、ということをお父さんは言ったのかもしれない。

昔から貧乏だった。旅行なんてほとんどいったことがなかったし、休日にどこかにでかけるようなこともなかった。近所のスーパーくらい。車があったころはホームセンターのようなところに何度かいった。でも友達に話せるようなおでかけはしたことがなかった。外食もファミレスくらい。それも幼いころの話で、小学生以降はお母さんとマクドナルドにいくことがぜいたくだった。あと、お父さんには安い居酒屋に連れていかれた記憶がある。たぶん喧嘩してお母さんが家を出るたびに仕方なく私を連れて酒を飲んだんだろう。やきとりがおいしくて、ひそかに楽しみにしていた。お母さんはだいたい次の日には帰ってきた。

友達もいなかった。誰かに嫌われたりいじめられたりした覚えはないけど、放課後に誰かと遊ぶようなことはなく、家でひとりで犬と遊んだりテレビを見たりした。犬はずっと前に死んだ。

絵に描いたような貧しくて悲しい幼少期。でも今考えるとあのころはよかった。悩みもなかったし平穏だった。どうしてあのころは誰かをうらやんだり妬んだりしなかったのかわからない。私の普通は相対的でなく絶対的なものだった。普通の日々が普通に過ぎていくことを特に意識しない生活は、健全そのものだった。誰にどう思われても今日と同じような明日がくることがたぶん幸せだった。

それがいつしか変わってしまった。誰かと比較することでしか自分を認識できず、身の丈に合わないものを手に入れるために借金とセックスを手段にするしかなくなった。

加代子と仲良くなってからかもしれない、と思った。加代子と出会わなければ、私は私の絶対的普通を守ることができたのかもしれない。

部屋に戻りかけた足を止めて、お父さん、と私は言った。ふと思い出したことがあった。

「遊園地、一回だけいったよね？　お父さんのおばあちゃんに会うために大阪いったとき。覚えてる？」

エキスポやろ？　とお父さんは言ってお茶を飲む手を止める。

「どうしても遊園地いきたいって泣いてたからな」

「私が？」

「そやよ。だからまぁ、ばあちゃんのとこ泊めてもらって、俺のいちばん好きな遊園地連れてったろと思ってな。お母さん嫌がってたわ、ばあちゃんのとこなんて泊まりたくない言うてな」

「あんまり覚えてないんだよね。なんか加代子に負けたくないみたいな気持ちだったかも。加代子よく遊園地いってたし私もいきたい、みたいな。でもなにしたとかどんな感じだったとか、なんにも思い出せないんだよね」

「お前も不満そうやったわ。遊園地でもずっとおもろなさそうな顔してな。ディズニーがよかったとか言うてたし、お母さんもずっと不機嫌で喧嘩したりして。いかんかったらよかったな」

「でも家族旅行ってその一回だけじゃない？」

「そうかもな。金なかったしな」

お父さんはショートホープに火をつけてあくびをした。

「またいつかみんなでどこかいけるかな？」

「いかれへんやろ」

「いこうよ。どっか」

「いかんわ。誰も楽しないやろ」

死に急ぐみたいにタバコを連続して吸っては吐いてを繰り返す。窓が閉まっている居間に煙が広がる。壁はこれ以上は無理だというくらいヤニで黄ばんでいる。

考えれば家族旅行どころか、この家で家族三人がそろってごはんを食べることさえなくなったなと思う。確かにその状態で家族旅行にいっても誰も楽しくはないだろう。

いつからだろう。いや、いつが最後だろう。小学校高学年くらいのときにはもうお母さんがつくりおいてくれたごはんを一人で食べていた。土曜日も日曜日も。中学以降は冷蔵庫のものを適当に食べる毎日だった。最後に三人そろってごはんを食べたのはもっともっと昔のことで、でもわからない。三人がそろった食卓をイメージしても私が勝手につくりあげた思い出という感じがして、実際にみんなで食事をしたことなんてないのではないかという気もする。そんなわけはないのに。

タバコを消し、そや、とお父さんは言った。

「お前また借金してるんちゃうか？　お母さんには言わんけどいい加減にしとけよ。返されへんのに」

いらっとした。お母さんに言われるならまだしも、子育てのほとんどを放棄してきたくせに今更えらそうなことを言うお父さんに腹が立った。

「今それ関係ある？　加代子ん家《ち》みたいにお金持ちだったら借金なんてしなくて済んだかもね」

「うちに金あってもお前は借金しとるよ。いらんもんばっかり買《こ》うて。買い物依存？やったか？　なんかようわからんけどなんでそんな無駄づかいばっかりするんや」

「お父さんとお母さんが仲良くて、お金もあって平和な家だったら、買い物依存も借金もなかったと思わない？　考えたことある？」

お父さんの言葉を聞くまいとするように、私は大きな足音を立てて部屋に戻った。

深呼吸を三回した。そうでもしないとこのまま家の窓を全部叩き割ってしまいそうだったから。

ベッドに伏せてお父さんの言うエキスポことエキスポランドという大阪の遊園地をネットで調べると、もう閉園していて跡地にショッピングモールができていた。唯一の家族旅行をなかったことにするみたいだなと思った。

あいまいな思い出が場所ごとなくなり、ショッピングモールを歩く幸せな家族という記憶にないイメージに塗り替えられる。その幸せな家族はいつだってみんなで食卓を囲んでいて笑いが絶えない。ごはんはみんなで食べるとおいしいねなんて言いながら、貧乏でも小さな幸せを大切にしていて……そんな空想をしているとなぜだか私は微笑んでいて、それがとても悲しかった。

*

駅前にあるベトナム料理屋で働く愛想の悪い美女のことを心の中で、ナムちゃんと呼んでいる。彼女はベトナム料理屋で働くことがとても似合っていた。ナムちゃんに会いたくて何度か店にいったことがあるくらいの小麦色の長身美女だった。親しいわけではないし、店でも個人的なことは話したことないけど、333をバーバーと読むことを教えてくれたのは彼女だった。

今日もナムちゃんに会いたいと思ったからこの店を選んだわけだけれど、加代子と会うならファミレスとかのほうがしっくりきたかもしれない。加代子も居心地悪そうだったし、店にも窮屈な空気が流れていた。少ない客、ベトナム人の料理人、不機嫌そうな美女、それら全部を見下すように目を配る加代子。ナムちゃんはそれを知ってか、叩くようにして水の入ったグラスをテーブルに置いたりした。

「久しぶりじゃない？　一年ぶりくらい？　この前なにしたっけ？　合コンじゃない？　ほら、私の大学のときの友達連れてったとき。美帆《みほ》さ、あのときイケメンにお持ち帰りされてなかったたっけ？　ジュンくんだっけ？」

空間をびりびり破っていくような音。加代子の声が年々強まっているのか、私の存在が日増しに弱まっているのか、きっと両方だろう。

出会ったときからきっと対等じゃなかった。性格的にも家庭環境的にも。あからさまでなくてもいつだって強者と弱者の関係だった。

人生は配られたカードで勝負するしかないと聞くし、仕方のないことだけど、私はどうやって勝負すればよかったんだろう。外見がかわいいというカードを擦り切れるまでつかうくらいしか方法がなかった。でもかわいい一本で勝負した結果がバカで、後先考えられなくて、メンヘラくそビッチで、買い物依存症だなんてね。てへ。

加代子とは小学五年生のときに初めて同じクラスになった。休み時間や体育のときは必ず近くにきて話してくれるようになり、たまに放課後も遊ぶようになった。初めてできた友達だった。

私の古くてボロくて汚い家にもきたし、加代子の大きな窓がたくさんある豪邸にもいった。顔は私のほうがかわいかったけど、加代子のほうが女の子らしい服を着ていた。

いろんなことの優劣を意識するようになったのはきっとこのころで、私の絶対が相対的になっていった。

加代子はそんなに悪い人ではなかったし、露骨に嫌がらせをしたり、陰湿ないじめを主導したりすることはなかった。だから同じ高校にいくことも嫌じゃなかったし、頻度は減っても今でもこうして会うことはある。

別に小中学校のときに加代子が遊園地や旅行の話をよくしていたのだって、私をみじめな気持ちにさせたいわけじゃなかったと思う。ちょっとした自慢は誰だってしたい年頃だ。過剰だったわけじゃない。ちょっとだけ相手より自分が優れていたい、という感情は成人しても誰にだってある。

でもそうしたちょっとずつのことが積み重なると関係が曇っていく。

中学に入ったとき、加代子の他に何人か友達のような存在ができた。最初は加代子も含めて仲良くなったけど、加代子だけクラスが違うこともあり、加代子なしで遊ぶことも増えた。加代子にはそれがおもしろくなかった。加代子以外のみんなで水族館にいく約束があると知ると、加代子はその日私とクッキーづくりをするためにもう準

○3○

備もしてしまったから絶対にきてほしい、と私に懇願した。他の子の悪口も言いつつ、一緒にクッキーをつくらないのなら絶縁するというようなことも言った。脅迫めいていた。結局私は加代子とクッキーをつくることを選んだ。水族館にいったみんなの顔も名前ももう思い出せない。

私に彼氏ができたときも、その彼の悪い噂を集めて、誇張して私に伝えてきたりもした。

きっと私に対して好意をもつ男の子には、私の悪口を吹き込んでいたんだと思う。思春期の女子らしい独占欲や嫉妬なんだし、こんなことを根にもつ私のほうも悪い。家族は不仲で、友達と呼べるような人は今も昔も加代子くらいで、他に逃げ場がなかったからきっとこうして憎しみを溜め続けているだけ。加代子なんて放っておいて、私の絶対的ハッピーライフを築くための想像力と行動力を鍛えればよかったのに。でもなんにも考えずへらへらして、つらいことから逃げられるだけ逃げて、たくさんの男に抱かれることで孤独を薄めて死を先延ばしにして。

でも嫌なものは嫌だし、むかつくことはむかつくし、全部加代子のせいだって思う日もあるし、それを初めて加代子にぶつける日だってくる。

でもさ、と加代子は言った。

「美帆も同じじゃない？　私しか友達いなかったのは誰から見てもわかることだった

し、私と仲良くしようと思う子は、美帆とも仲良くしなきゃいけなかったわけじゃん？」

「私、誰とも仲良くなってないよ？　加代子は友達多かったけど、加代子の友達と私、全然仲良くない」

「今はね。でも当時って私たちニコイチみたいなとこあったから、新しくできた友達も共有しなきゃいけなかったし、それを煩わしいと思ったのはお互い様かなって」

平日のこぢんまりとしたベトナム料理屋でランチしながらするような話ではなかった。久しぶりに会って文句に近いことを言われれば、加代子だって気分はよくないし、つっかかってもくる。

「でも私は加代子の男を取ったりしてない」

は？　と加代子の眉がぴくぴく動く。

「私がいつ美帆の男取ったのよ？　翔平《しょうへい》のやつ？　あれ別に私翔平になにもしてないし、結局翔平とも付き合ってないよ」

「翔平？　翔平って誰だっけ？」

加代子は笑って「マジで言ってる？」と言った。

「うん、マジ。翔平っぽい名前の人たくさんいたし、そのうちの半分くらいと寝たと思うし、誰が誰だか」

加代子は大笑いした。

それから加代子は学生のころのことを楽しそうに話した。記憶力がいいのか、半分くらいは私の知らないことだった。

加代子の話を聞くのに疲れてトイレに立ったとき、ナムちゃんが厨房から出てきてすれ違った。ナムちゃんは立ち止まって「あの子と仲良いの？」と私に訊いた。ナムちゃんはお見通しだった。私が小さく首を振って「友達になってくれる？」と訊くと彼女はにっこり微笑んでくれた。

トイレに座ってマッチングアプリで男を探しつつ、アメのSNSをチェックした。どうやらアメが暇そうだったので「会いたい（ラブホテルの絵文字）」という業者のようなメッセージを送った。返事はすぐにきて、お互い友達を連れて会おう、とのことだった。加代子を連れていくことにはげんなりしたけど、アメと会えるならなんでもよかった。

加代子は一度家に帰って支度をしたいと言い、店を出ていった。男によく見られたい気持ちはわかるけど、そういうのはみっともないなと思って、なんだか意地になって私は店に残った。

お昼どきはとうに過ぎていて、店にいる客は私ひとりになった。聴いたことのない音楽が店内に流れている。

ナムちゃんはまかないのような混ぜご飯と炭酸水を持って私の前に座った。

「仲良くない人とランチしなきゃいけない人生なの？」

ナムちゃんは美しくて想像どおりのぶっきらぼうな話し方で、よかった。茶色のきれいな長い髪を後ろで束ねていて、すっと長い首がセクシーだった。

「そうかも。でも他に仲良い人なんていないいんだよね。ナムちゃんは友達多いの？彼氏は？　ナムちゃんもてそう」

ナムちゃんは眉間にしわを寄せて私を見る。

「友達はいない、彼氏はいる、別にもてない。ナムちゃんってなに？」

「ナムちゃんはどうしてここで働いてるの？　ベトナム料理が好きなの？　ねえちょっとそのご飯私も食べていい？」

私はスプーンでナムちゃんの混ぜご飯を一口食べた。辛くておいしかった。ナムちゃんは、やれやれ、みたいな顔をしていてそれもまたキュートだった。

ナムちゃんは厨房のほうをあごで指した。談笑しているベトナム人三人はみんな髭を生やしている。

「あいつら日本語話せないの。だから余計なこと言ってこないし、なにしても許してくれる。だからここで働いてんの」

「あの中に恋人がいたりする？」

ナムちゃんは笑って首を横に振る。

「あんた恋愛体質っぽいね。誰でも好きなの連れていきなよ。あんたみたいなかわいい子だったらあいつらもしっぽ振ってついていくよ」

「えー、やだ。私バンドマンみたいな男がいいの。なんかちょっと人としてダメな匂いがする男のほうがよくない？」

「色白で石鹼の匂いのするさわやかサラリーマンよりはいいかもね」

ナムちゃんはよくわかってる、と思った。話のテンポも感覚も心地よい人だった。よく知らないけどたぶん最高の女の子だった。

「ねえ、私ナムちゃんのこと好き。死んでもずっと仲良しの友達でいてくれない？」

私でよければ、と答える顔も優しさで満ちていた。


アメが連れてきたトオルという男の子は私と加代子と同じ二十五歳で、背はあまり高くないけど、洋画の美少年のような彫りの深い顔をしていた。加代子は私の耳元でアメのこともトオルのこともそれぞれ好きだと言い、私もそうだと答えた。

コンビニでお酒を買ってカラオケにいき、それなりに酔ってきたところで順繰りにキスをしたりした。ブラウスの中に手を入れられるのもスカートの中を見られるのもそれなりに楽しかった。

加代子は、私彼氏がいるのに、とか、でも好きかも、とか言いながら上手にやっていた。今の加代子は柔軟剤の匂いじゃなく、感じのいい香水をまとっていたし、顔の造形が見事とは言えなくても肉体は豊満だったし、十分なセックスアピールはできていた。一旦家に帰って着替えてきたチェックの短めスカートも意味はあったということだね。

カラオケを出るころには相当に酔っ払っていて、口のまわりの唾液臭さも忘れるほどだった。もう一度コンビニによって大声で話しながらおにぎりやカップ麺やお酒を買い、当然のようにみんなでラブホテルに入った。

古びたホテルで料金は後払い制だった。彼らはなじみの喫茶店でアメリカンを注文するように受付で四人同室の許可をもらい、六〇一号室の鍵を受け取った。

加代子がベッドで飛び跳ねながらお酒を飲み、トオルがソファーでカップ麺を食べた。アメはシャワーを浴びる前に洗面台でビールを飲んでいて、私はしゃがんでそのペニスを舐めた。アメがそうしてほしいと言ったし、私もはい喜んでという気分だった。

私たちがシャワーから上がると、加代子が悲鳴みたいな声を出してトオルと交わっていて、笑った。見ないで、という加代子は乙女だったけど、ちょっとだらしないお腹まわりをしていた。私とアメは彼らのセックスを見ながら談笑し、なんだか平和だね、なんて話した。

区切りがつくと、加代子はアメやトオルに合わせてお酒を飲んだ。よほど楽しいのか、我を忘れて飲んでいるように見えた。トオルが私にちょっかいをかけてくると、加代子はソファーに座るアメの上に乗ってキスをせがんだ。

トオルはアメより若いからか、元気だった。雑なセックスだったけど、本人がとても楽しそうなのはいい。健気な感じがして頭をなでたくなる。

加代子はアメとの行為中に眠ってしまったようで、私とトオルでアメのスローセックスのせいだと笑った。子守唄じゃねぇわ、とアメも笑った。

私はトオルに後ろから突かれながら、横でタバコを吸うアメに「私の口の中で煙を吐いて」とお願いした。アメは私の髪に指を通し、首の後ろに手をやってキスをしてくれた。アメの匂いとタバコの煙が体に入って、今後ろから突いているのもアメであるような気がしてきた。私はアメの名前を呼びながら喘いだ。キスをしてくれるアメの目が濡れていて、交際したいと思った。あるいは今すぐ殺してくれと思った。このまま死んでこの世に私が最初からいなかったことにしてくれと思った。

すべてが終わってみんなぐったりした。加代子はソファーで死んだように眠っている。私はベッドにうつぶせになって男二人がタバコを吸うのを見ている。私の大好きな意味のない時間。人生が磨耗したあとの文字どおりのロスタイム。今この瞬間に隕石が落ちてすべてがちりになればどれほど幸せだろうと思う。私に明日なんて必要ないし、夜は明けないほうがいい。

アメは、よしっ、と立ち上がり「俺ら先出るわ」と言った。

「俺らさ、ちょっとお金持ってなくて立て替えといてくれないかな、ほんと申し訳ないんだけど」

二人は忙しい朝の支度みたいに手早く着替えた。

「私もお金ないよ」

ベッドに転がったまま私がそう言うと「大丈夫、ここ安いんで。一部屋の値段だから普通のラブホと変わらないんだよ」とトオルがわけのわからないことを言った。

「それに加代子ちゃんお金持ってるでしょ？　お父さんがＮＴＴなんちゃらの役員やってるって言ってた」

「すごそう、それ」

「ね。俺らも働かせてほしいよね」

「アメさん無理ですよ、遅刻ばっかだし」

いつのまにか荷物をまとめていて、余ったお酒とかもきっちりリュックに入れていた。

「私も一緒に出たい」に、「加代子ちゃんかわいそうでしょ」と返されて、こいつらは気が触れているのかと思ったけどそれ以上話すのはやめた。

じゃあ、と手を上げる二人に、またね、と私は手を振った。うつぶせのまま動かずに。


静かな部屋に加代子の寝息が小さく聞こえる。彼女はずいぶん楽しんでいた。「人生は一回きりなんだから」みたいな寒いことも言っていた。大きな声を出して、肉を揺らして。

思い出すと急に腹が立ってきた。どうして加代子の大きなおっぱいとだらしないお腹を見る必要があった。どうしてあんたの機嫌と小さな欲求のために私の思春期を犠牲にしなきゃいけなかった。

私の前に現れる必要なかったんじゃない？　たまたま小五のときに同じクラスになっただけじゃん。どうして私なの？　どうして加代子は私と仲良くなりたいと思ったの？　貧乏で頭が弱いから都合よく利用できた？

私は私の絶対だけを抱えて怪物みたいに生きたかった。今とまったく同じ生活だったとしても、本物の怪物になれていたら、揺るがない幸福を手に入れていたと思う。人から鼻で笑われるような生活を大事に抱えて眠る怪物は、誰にも迷惑をかけることなく生きて死ぬ。私はそうなるはずだった。

お母さんは昔から加代子のことを好きじゃないと言っていた。

「ああいう人前で露骨にいい子にしてる子って嫌なのよ。あそこのお母さんも嫌な人だからね。関わんなくていいわよ」

親として絶対そんなこと言うべきじゃないけど、お母さんは正しい。お母さんは自分勝手で子どもを愛せない人だったけど、いつだって正しい。加代子とは関わらなければよかった。加代子さえいなければ私はもっとまともだった。

加代子さえいなければ——。


私は泣いていた。泣きながら加代子の財布から現金を盗んだ。お札を全部。すぐに服を着て、逃げるように部屋を出た。エレベーターで六階から一階に降り、急いで受付の前を過ぎてホテルを出た。料金は払わなかった。

ホテルを出てからは走った。早朝の、まだ夜が明けきらない時間に走った。罪を体から振り払うように。どこをどう走っているのかわからなくなるくらいに全力で駆けた。

息が切れて立ち止まったとき、後ろから腕をつかまれた。

血の気が引いた。もうおしまいだと思った。わけがわからない中、もうなにもかも

○4○

が終わってしまったと思った。

「大丈夫だ」

息が切れているのは私だけじゃなかった。はあはあしながら宇津木がそう言った。なぜ宇津木がここにいるのかとか、どこから私を追いかけていたのかとか、そんなことは全部後回しにして、ただ嬉しかった。このバカがこの瞬間この場所に存在してくれていることがありがたかった。神様の贈り物とか恵みの雨とかより価値があった。私は孤独で、もう死ぬしかないみたいな気持ちだったから。

私は泣きながら要領の得ない話をした。宇津木は私の腕をつかみながら難しい顔をしている。「怪物になりたかった」なんて言われてもなにも理解できないだろう。宇津木もなにかを伝えようとしていたけど、私以上に要領の得ないことを言っていたし、吃っていてよくわからなかった。今日はこの冬いちばんの寒波がきて寒くなる、というようなことを繰り返していたと思う。

私は、あなたは存在するだけで価値があるわよ、とお母さんみたいな口調で言ったりした。本当にそう思った。

宇津木に手を引かれ、近くのコンビニに入ってイートインスペースに座った。宇津木がホットコーヒーを二つ買ってきてくれて、それを飲み終わったときにようやく気持ちは落ち着いた。あんなに取り乱したのがうそみたいに私は笑っていた。見事に夜は明けた。

宇津木に、加代子のことは好きか、と訊くと、好きではない、と言った。高校のときにも同じことを訊いた気がする。宇津木と加代子はたぶん同じクラスになったことはなかったけど、当時も宇津木は加代子のことを好きではないと言っていた。

「でも加代子、高校のときよりかわいくなってたよ。えっちだったし。好きになるかも」

「ならない。なおさら嫌いになる」

「えへへ。私も」

満面の笑みでそう答えたときにアメから着信があった。私はその声を聞いて、加代子のことや宇津木のこと、その他あらゆる大切なことを全部忘れてアメに会いに走った。雪が降り始めた。

3

「お金大丈夫だった？　なんかごめんね、やっぱ申し訳なくなっちゃってさ」

家に着くとまずアメはそう言った。

「うん、加代子がなんとかしてくれた」

加代子の財布からお金を盗んだことを思い出して吐き気がした。ホテル代も払っていない。忘れようとしていた罪がよみがえる。

「よかった。加代子ちゃんなら大丈夫でしょ。実家太いのって強いよね」

「加代子が言ってたの？　私お金持ちなのって？」

「うん、なんか土地持ちらしいね。ほんとは東京いきたいけど、そのせいで地元に残らなきゃいけないって言ってたから」

そんな話は知らなかった。というかよくセックス中にそんな話をするよな。私お金持ちなの、とセックス中に言えばお互いの感度は変わるの？　お、それだけたくさん土地持ってるなら丁寧なセックスしとこう、って？

上着を脱ぐとアメがハンガーにかけてくれた。狭いワンルームで物がほとんどなくこぎれいだった。居心地悪そうにアコギが部屋の隅に置かれている。バンドマンのイメージからは程遠い、几帳面な男子大学生の部屋みたいだった。

「なんで連絡くれたの？　先帰ったくせに」

寂しくなったんだ、と照れたようにアメは答える。

「ひとりで寝たくないときもあるじゃんね。わかるでしょ？」

「彼女のとこにいけばいいんじゃない？　ていうか基本的に彼女の家で生活してるでしょ」

「なんでわかんの？」

携帯を見たことはもちろん隠して「この部屋、物が少なすぎるし生活感がない」と言った。

探偵かよ、とアメは笑う。

「なあ、寒くない？　一緒にお風呂入ろ」

アメは私のおでこにキスをして湯をために洗面所にいき、タバコに火をつけながら帰ってきた。

「私が、付き合ってって言ったらどうするの？」

「さあどうだろ？　考えさせて、ってとりあえず言っとくかな」

「絶対付き合わないくせに。私、怒ってアメの彼女殺しちゃうかも。それでもいい？」

「ああ、いいよ。だからお風呂に入ろう」


二人で湯船につかり、何回かキスをした。

浴槽のふちに座ってくれる？　とアメが言ったのでそのとおりにした。アメは湯船につかったまま、私の両膝をつかんでゆっくりと股を広げる。

「ずっとこうしたいなって思ってたんだよ」

アメは優しくなでるように私の陰毛に触れる。

「なんで申し訳なさそうな顔してるの？」

「待たせちゃったから」

そう言ってアメは私の性器を舐めた。優しくて、気持ちよかった。顔のいい男が自分の股の間にいるという画は快感をそれ以上のものにした。体が震えた。私はアメの髪を両手でつかんでぴちゃぴちゃという音を聞いた。体が温まった。

イクのに時間がかかったけど、イッたあともアメはさらに優しく舐め続けてくれた。これが私の知っている愛だった。長時間のクンニリングスなんか愛じゃないと世間は言うだろうけど、私はこんな愛しか知らないし、こんな愛で十分だった。

「ねぇ結婚して」という言葉が思わず出た。顔を上げたアメに思い切りキスをした。なにか言おうとするアメをさえぎるように「うそ。やっぱり一緒に死んで」と私は言った。

風呂から出てベッドに入るとアメはすぐに眠った。私はアメの背中にしがみつくようにして横になった。タバコと男の匂いがして、私は生きているんだ、まだ死んでないんだ、と思った。なぜだか涙が止まらなくて、誰にバカにされようともこの瞬間が私の幸福だった。


バイトにはいかなかった。欠勤の連絡をするのも億劫で携帯の電源を切り、昼を過ぎても起きないアメの横でのんびりした。

性におぼれて昼下がりまで余韻を楽しむという一日は、誰にとっても幸福なはずなのに、後ろめたさがあるのはきっと幸福すぎるからだと思う。赤いリンゴは適度な甘さだから許されるわけで、甘美が過ぎると破滅をもたらす。

夕方、ナムちゃんのいるベトナム料理屋にいこうとアメを誘うと、おもしろいね、と彼は言った。

ベトナム料理屋はいつものとおり客は少なく、暑苦しいベトナム人三人と不機嫌なナムちゃんがいた。

席についてナムちゃんに手を振ると怪訝《けげん》な顔をした。私のことを忘れたみたいに視線を外して厨房の中に消えた。

私がどれだけナムちゃんのことを好きかということをアメに話した。ナムちゃんのことなんてほとんど知らないけど、私の想像はきっと間違っていない。彼女は最高にいい女の子だし、私にとって唯一の友達になるはずの人。アメも嬉しそうに私の話を聞いていた。

アメはもしかしたらナムちゃんも抱こうと思っているんじゃないかと思うほど、ナムちゃんに視線を送っていた。

「そのナムちゃん？　きっといい子なんだろうね。連絡先訊いてみたら？」

ナムちゃんが注文をとりにきたときに、連絡先を教えてほしいと私が言うと「そいつに訊けば？」と鬼みたいな顔で彼女は言った。アメは肩をすくめ、へらへらしている。

二人の様子を見て、なるほどいろんなことを理解した。

「アメと知り合い？　え、うそ、ナムちゃんの彼氏ってアメ？　うそでしょ？　最高すぎない？　ほんとなの？　そんな最高なことってある？　二人付き合ってんの？　マジ？　幸せすぎない？　結婚したら？　ねえ一緒に市役所いこ？」

私がはしゃいでそう言うとナムちゃんもアメも笑った。この子なんなの？　とナムちゃんが笑って、ちょっといかれてるよね、とアメが言った。

「でもナムちゃん、大丈夫。私アメのこと好きだけど、ナムちゃんのほうが好き。ほんとだよ？」

「私もこのクソ野郎よりあんたのほうが好きよ」

「でもアメってクソ野郎だとしても、絶対石鹸の匂いはしないし色白イケメンサラリーマンにはならないから最高じゃない？」

「浮気相手を店に連れてくるのに最高？　どうせアメってマッチングアプリとかの名前でしょ？　こんな最低なやついる？」

「まああ。ね？」とアメはへらへらしたまま言う。慌てる様子もなくて、きっと二人はいい関係を築いているんだと思う。嫉妬や浮気は悪という常識に支配されない二人の愛。

「こいつ天野って名前なの。アメだって。笑うよね」

「知ってる。ちょっとかわいいよね」

「ださいよ」

「なんで俺の名前知ってんの？」

「ちょっとあんた黙ってて」

ナムちゃんがそう言って、私たちはまた笑った。

笑顔で注文を聞き「あんたちゃんとご馳走しなさいよ」とアメに言って厨房へ入っていった。

「アメの彼女ってナムちゃんだったんだ。最高すぎない？　あんないい子いないよ。ナムちゃんって何歳？」

「二十七とかだったんじゃないかな。全然最高じゃないよ、お互いぷーみたいなもんだし」

「ナムちゃん働いてるじゃん。アメがちゃんと働けば問題ないのに」

「そうなんだよ。それにさ、なんかあいつウェブの専門学校いきたいみたいでさ。だからすげえ働いてんの。えらいよね」

「なのにアメがナムちゃんのヒモになってるの？」

「もういよいよ音楽で一発当てるしかないよな」

「切ないラブソング書ける？　女子高生をきゅんきゅんさせられる？」

「灰皿いっぱいになったタバコ、みたいな歌詞は絶対ダメってことだろ？」

「当たり前じゃん」

アメは髪をかき上げ、笑顔でタバコに火をつけた。穏やかな顔で、幸せそうだった。ああやっぱりナムちゃんのことを愛してるんだなと思って私まで嬉しかった。

「いっぱい食べて飲んでね」そう言ってビールと料理を運んできたナムちゃんに、今日ナムちゃん家いってもいい？　と私は訊いた。

「アメもナムちゃん家帰るんでしょ？　私もいきたい。みんなで人生ゲームとかしない？」

「いいよ、人生ゲームはないけど。仕事早く上がるようにするね」

ナムちゃんは話せば全然無愛想じゃないし、顔だけじゃなくて中身もかわいかった。なんでアメみたいなクソ野郎と付き合っているんだろうと考えてみたけど、それもなんとなくわかる気がした。無害な優しいクズ男は従順なトイプードルよりかわいいし、飽きない。それに日本語も話せる。

それからはアメの女癖の悪さについて、ナムちゃんに聞こえないように責めた。世間の常識的には浮気はするべきじゃないと私が言うと、そのとおりだとアメは答えた。アメはナムちゃんのことが好きで愛していて、このままではいけないことはわかっていた。それでも彼の人生は暇で乾いていて、セックスくらいしかすることが思い浮かばなかった。つまりは私と同じだった。

「でもいつかきっと全部よくなると思ってんだよな。俺もちゃんとするようになってさ、全部うまくいくような日がくる気がするんだよ」

ダメな男が夢みたいなことを言っていて、よかった。

「私もそう？　私にもうまくいく日がくる？」

「くるよきっと」

私は笑顔で「こないよ」と言った。

ふとマッチングアプリの男と今晩会う約束をしていることを思い出し、携帯の電源を入れた。無理して会う必要はなかったけど、優しい顔をしている人だった気がするし、アメと交際できないなら手を広げておいてもいい。

画面を見れば信じられないくらいの数の着信があった。ふたつの会社からの借金の督促だった。

私はアメにナムちゃん家の住所を聞き、彼女の仕事が終わるころに家にいくと言った。

〇5〇

「なんか用事？　男？」

「借金返してくる」

コンビニのＡＴＭから必要最低限のお金を振り込んでもまだ財布に現金があった。このお金には確実に大野《おおの》加代子という名前が書いてあった。

胃の中からこみ上げるものがあった。目を閉じて宇津木の顔を思い浮かべる必要があった。また宇津木がそのへんにいるような気がして探してみたけどいなかった。


「やっぱりかわいいね。でも写真より実物のほうがかわいい人って初めてかも。みんな詐欺みたいな写真載せてるよね女の子って。会ってびっくりするもん。え、あなた誰ですか？　って感じ」

まったく私のタイプではないけど、イケメンと言われて生きてきたような童顔かわいい系の顔面をした男が、待ち合わせ場所に現れてそう言った。

よく話す男だった。よくあるお手軽イタリアンを選んで、お酒が飲めないことを隠すようにシャンディーガフをちびちび飲んでいた。仕事のことや休日の過ごし方について熱心に話していて、あくびが出た。こんな男は昨日もおとといも会った気がする。たぶん百年前にも千年前にも会った。

「二千円でいいよ」

会計のときにそう言われて五千円のうちの二千円を払った。こういう男はもし私が三千円払ったら喜んで受け取るのかな。それとも大仰に「いいよいいよ俺が多めに払うよ」なんて言うのかな。たった千円ぽっちで。

「また会えるかな？」

どういう神経でこのつまらない夜の先があると思っているのか不明で「ごめん。名前なんだっけ？」と私は訊いた。男は笑って「そんなこともあるよね」と言った。そんなこともあるよね？

「ジュンだよ。純粋のジュン。本名だよ」

どこかで聞いたことのある名前だった。

「あれ？　前も会ったことあるっけ？」

「さぁどうだろう。前世ではあるかもね」

ウインクをするように男が言ったから、えーきもい、と思わず口から出た。逃げるようにその場を去った。

これならずっとアメとベトナム料理を食べながらナムちゃんを待つほうがよかった。さっきの男が加代子の合コンで出会ったジュンかどうかなんて、どっちでもよかった。たぶん違うし。

十一時にナムちゃん家に着くと二人とも家にいてくつろいでいた。エレベーターもない古い五階建てマンションの最上階で、とても広い2DKだった。部屋は二人の趣味で埋まっていて、その付き合いの長さが知れた。

大きいダイニングテーブルに私が座り、ナムちゃんがキッチンの換気扇の下でタバコを吸い、アメが奥の部屋で寝転がって漫画を読む。それだけで最高なのに、ナムちゃんが無言で冷蔵庫から出したビールを私の前においてくれた。

「ねぇ、私もここに住みたい」

いいよ、とナムちゃんが言う。

「でも目の前であいつとしないでね、さすがに不快だから」

「するわけないじゃん」

わからんよ、とアメが遠くから言い、お前がちゃんとしろ、とナムちゃんが言って私は笑った。

シャワーを借り、ナムちゃんの匂いのする部屋着を着て、みんなでしこたまお酒を飲んだ。

人生でいちばん楽しい時間だった。他愛のない話から二人の人生までいろんな話を聞いた。

アメは裕福な家で育ち、大学も卒業していて、五年前まで大手ゼネコンで働いていた。実家が建設業を営んでいて、それを継ぐ予定だったらしい。

「でもめんどくさくなっちゃったんだよな。いろんなことが。兄弟多いし会社は俺じゃなくても誰かがやるしね」

「それでも家は持ち家だから家賃はかからないし、生活費も親に泣きつけばなんとかなるという完全無欠な人生なわけ」

ナムちゃんの嫌味に、いやそうなんだけどさ、とアメが言う。

「苦労も多いんだよ。法事とかさ、どれだけ目立たずその場をしのぎ切るか、みたいなことには結構神経つかうのよ」

「金持ちが私の家に寄生するのってどうかしてると思わない？　うちの家賃も生活費もまったく払わないんだよこいつ」

「親の遺産でなんとかします、つってんだけどね。出世払いだよ」

「親が死ぬことを出世と呼ぶ人間とは縁を切るべきね」

ナムちゃんはアメとは対照的に両親が早くに他界し、高校卒業後は自力で生きていてたくましかった。

「私もこんな性格だからさ、人と関わって働くのが嫌なのよ。だからウェブ関係のこと学んでエンジニアになれば人間関係を気にせず働けるかなって。まあ想像だけど。でもお金が貯まらないの。誰かさんのせいで」

「悪いと思ってるよ」

アメの言葉にナムちゃんは首をゆっくり横に振る。

「ううん、うそだよ。あんたのせいじゃない。私が本気じゃないせいね。結局口だけ。今の生活が楽だし、なんだかんだ満足してるんだ。だからなまけてるの。まあいっかって。将来のことも考えずに」

「それでも俺よりはましだ」

「待って！」とアメの言葉をさえぎるように私は言った。酔ってきたせいもあって大きな声になった。

「二人とも全然私よりまし。私がいちばんひどい」

私は自分がろくに働きもせずバイトも遅刻ばかりで借金があることを話した。

「おまけに友達もいなくて家族も不仲で、買い物依存とセックス依存だと思う。ちょっと怖くない？」

私は泣きながら話していた。でも二人は腹を抱えて笑って「最高だ」と言った。

「代わりに返してあげなよ、借金」

「おう、いいぜ。いくらくらいあんの？」

「わかんない。三桁は余裕である」

二人はまた笑った。額くらい把握しとけよ、とアメが言った。

「でも不遇な人生だとして、だからこそ身についた魅力があると思うんだよ。最初会ったときはいかれた女の子だなと思ってちょっと怖かったけど」

「でも抱くの？　いかれてんのはあんたでしょ？」

ナムちゃん！　と私はまた叫んだ。

「ほんとごめん。彼女がいるって知らなかったの。でももう絶対しないから。みんなで仲良くしよ？」

怒ってないよ、とナムちゃんは仕方なく笑う。

「でもいい加減にしてほしいよね。この子はいいけど、今後は抱いた女は連れてこないで。ダメージがないわけじゃないから」

アメが慌てた顔をした。それは自分がしたことの罪の意識とかではなく、ナムちゃんがしおらしくなったからだった。

たぶんみんなお酒を飲みすぎたのだと思う。ナムちゃんが泣き始めて、アメが「泣いたの初めてみた」と言いながらつられて泣いて、ごめん、ごめん、と謝った。二人は抱き合っていて私も大泣きした。こういうのも含めて最高の時間だった。私にも友達ができたのだと思うと嬉しさがこみ上げてきてさらに泣いた。

そのまま倒れるように三人で川の字になって寝て、ひどい二日酔いの朝を迎えた。

ナムちゃんが最初に起きて、全員に水を飲ませながらコーヒーを入れてくれた。朝マックしたいけど吐きそう、と言いながらアメがテレビをつけた。

キッチンにいるナムちゃんを背にして二人で何気なくニュースを見た。ぼんやりと、今日もバイトにはいかないだろうなとか、でもこうして友達ができたからハッピーだとか、今日はどんな一日になるだろうとか考えていた。二日酔いの中にも幸せがあって、ただその幸せをかみしめていたかった。

「おい」

アメが小さな声でそう言った。アメの顔が白い。でもそれは二日酔いのせいだけではなかった。

テレビから聞いたことのある名前が流れた。

「……大野加代子さん二十五歳……ホテルの外で血を流した状態で発見され病院に搬送されましたがまもなく死亡……部屋の窓から落ちたとみて事件と事故の両方で捜査を……」

4

二十一歳のときに初めて消費者金融から借金をした。リボ払いの上限を超えた分を翌月に支払うお金がなかったから。

買い物依存症を自覚し始めたのはこのころだと思う。でも実際に買い物に依存するようになったのはいつからだろう。幼いころから衝動買いをする傾向はあった。ほしいものはすぐに買いたかった。大好きな矢沢あいの漫画は全部新品でまとめ買いした。

でも衝動買いが原因であったとしても、衝動で物を買う人が全員買い物依存になるわけではない。じゃあこの依存はなにをきっかけに、いつから始まったんだろう。

私は猛烈にほしいなにかを買いたくて借金をするわけではなかった。例えばブランド物のバッグがほしくて無理をして買ってしまう、というようなことはなかった。もっと生活になじんだ買い物による借金だった。ちょっとほしいものがあり、それをすぐに買う手段がある、だから買う、そして返済が滞る、というように。

リボ払いが負の元凶だろうと思う。少しずつ溜まっていった過去の衝動買いによる負債は、返しても返してもなくならない。最初はバイト代を月々の返済に充て、その残りで生活することができていた。でも複数のクレジットカードをつくって小さな買い物を繰り返すようになると、とうとうバイト代では生活できなくなった。消費者金融を頼り、自転車操業であっちの借金をこっちの返済に、という具合になった。

でも、物を買うために消費者金融から借金をしたことはない。お金を使えるまで使った結果、そのあと生きるために借金をした。生きるために。だからなんだ、って話だろうけど、ちょっとニュアンスが違うと思わない？　だって私たちは生きていかなきゃいけないいんでしょ？

お母さんには二十二歳のときにばれた。ずっと薄々気づいていたんだろうけど、成人した私に過干渉になることを避けたのか、単に面倒だったのか、見て見ぬふりをしていた。でも放っておけなくなった。正確には無視できなくなったというのが正しい。裁判所から紙が届き、家に人がくるようになって、限界を超えたと思ったのだろう。今だから言えるけど、これは全然限界じゃない。まだ大丈夫。この程度では実害はない。今のほうがもっとひどいから。

二十二歳のその日「ちょっときなさい」とお母さんに言われ、スマホで読んでいた漫画を中断して、居間のテーブルに向かい合うように座った。夜も更けたころだったのにお父さんは帰ってきていなかった。

「借金、どうするつもりなの？」

なんの前置きもなくそう言った。事務的で、口調に怒りはなかった。

「働いて返さなきゃと思ってる」

「返せそう？　全部合わせると百万近くあるみたいだけど」

「遅れてるけど、ちょっとずつ、とは思ってる」

それができていないからこんなことになっている、思っているだけではどうにもならない、という顔をお母さんはしていた。

実際返済の目途は立たないし、先のことは考えたことがなかった。例えば風俗で働いてAVに出てたんまりお金を稼いだとしても、きっと今より借金は増えると思う。借金をする人間というのはそういうものなのだ。だから死ねばいいか、と思っていた。どん底まで落ちたら死ねばいい。悲しくも怖くもない。痛いのは嫌だけど、全部仕方のないことだと思う。

お母さんはしばらくなにも言わなかった。なぜ借金をしたのか、なにに使ったのか、というようなことは尋ねてこなかった。

ふう、とお母さんは大きく息をついた。そして、昔のことだけど、と話し始めた。

「私のお母さん、つまりあんたのおばあちゃんね、縁切ってるから会ったことないだろうけど。厳しかったのよ、なんでもかんでも。おもちゃみたいなものはもちろん買ってもらえないし、縄跳びまで取り上げられたわ。家の手伝いをせずに私が縄跳びの練習をしていたから。学校の体育でつかうのにね。毎回先生に予備の縄跳びを借りなきゃいけないのがほんと嫌だった。母親は子が憎かったわけじゃなくて、とにかく厳しくしつけたかったのね。でもそういうのってなんの効果もなかったの。むしろまったく逆効果。結局私はゆがんでいったし、母の理想の子ども像からはどんどん遠くなった。ぐれて、親を恨んで家を出て、どうしようもない生活になっても親元よりはましだなんて自分に言い聞かせて、あんな人と結婚して貧しい暮らしをして。そんな私の子としてあんたが生まれたわけだけど、いい子に育って！　なんていうのはおこがましいのよ。私自身が親に反抗して生きて後悔してるからって子どもに期待するのは間違ってる。そう思わない？」

お母さんの言いたいことがよくわからずに私はあいまいに頷く。

「だからあんたには最初から基本的に自由に好き勝手に生きてほしかった。後悔したとしても納得できるような生き方。でもそれも間違ってたのよ。放置してただけ。そんなことは最初からわかってたのにね。ごめんね」

お母さんは声を震わせながらそう言い、封筒を机の上に置いた。

「あんたの借金は私が返します。だから大丈夫よ」

なんで……、という私の声も震えている。

「なんで、怒らないの？」

「貧乏で、私もお父さんも家を空けることが多くて、愛情も伝えられてないのに、どうやって私があんたを叱ることができるっていうの？　私にあんたを非難する資格なんてある？」

私はたまらなくなって泣いた。「ごめんなさい」と泣きながら謝った。

「こんな親でごめんね」

お母さんも泣いていた。

お母さんのせいじゃない。お母さんが悪いんじゃない。全部私のせいで、私がバカでなんにも考えてないからで、でもうまく言葉にならなくてただ謝った。

「もう借金なんてしないから。本当にごめんなさい」

お母さんは頷く。そして、ひとつだけ、と言う。

「約束してほしいの。いっぱい言いたいことはあるけどひとつだけ」

「なに？」

死なないで、とお母さんは言った。

「私より先に死なないで。お願い」

お母さんの涙はつらくて見ていられなかった。もうお母さんを泣かせるまいと思った。このときは。

でもそれからも私の生活は変わらなかった。「あんたはまともじゃない」とお母さんに冷たく言われたりした。そして今はあのころよりも多くの借金がある。

ナムちゃんの家から帰るとお母さんが玄関まで走ってきた。顔がこわばっている。借金の話かと思ったけどそれより悪い話だった。

なんで電話出ないのよ！　とお母さんは叫ぶように言った。

「加代子ちゃん、亡くなったって。それで今、警察の人がきてるの。あんた、なにしたの？」

これなら借金のことを責められるほうがよっぽどよかった。

「なんにも。私がいちばん驚いてるから」

まぁまぁお母さん、と居間から五十代くらいのおじさんが顔を出した。

「急にごめんなさい。大野加代子さんのことでちょっとお話聞かせてもらいたくて」

「さっきニュースで見ました」

優しい口調なのに笑顔はなかった。笑顔のないおじさんは怖い。

刑事二人の前に温かいお茶が置かれているのに私にはなかった。お母さんは席を外すように言われて居間で三人になった。

五十代のおじさんはまず加代子が発見された経緯を話してくれた。ニュースで聞いた内容と相違なかった。そして、おととい私たちが男女四人でラブホテルに入り、朝方にばらばらに解散したことは知っている、と言った。

「お母さんには言わないから正直に教えてくれますか。その日のことを」

私は話した。ナムちゃんのところでランチしたあとにアメたちと会い、カラオケにいってホテルに入ったこと。加代子が寝てしまったからアメたちが先に出て、私も先に帰ったこと。

　声も体も震えていて怪しかったかもしれない。でも警察に質問されて緊張しない人なんていないはず。

「四人の関係性ってどんなふうなのかな？　大野加代子さんとは同級生で仲良しだったことは知ってるんだ。他の男の子二人とは？」

「加代子は二人と初対面でした。私は天野くんとはマッチングアプリで知り合いました。トオルくんは天野くんが連れてきました。なので苗字はわからないです」

　空気に慣れて、スムーズに言葉が出た。アメのことを天野くんと呼ぶのはなんだかむずむずした。

「君もそのトオルくんとはその日初めて会ったの？」

「はい」

「天野くんとは？　交際していたの？　つまり恋人同士だったのかな」

「いいえ」

「ふむ。じゃあ天野くんと会うのは何回目だった？」

「二回目です」

　刑事二人は少し目を合わせたあと、じっと私を見た。そして四十代のほうの刑事が言った。

「ホテルではなにをしていたんですか？」

なにを？　と私は訊き返した。

「セックスしていたかどうかってことですか？」

「そうだね。それ以外にしていたことがあるなら教えてほしいけど」

私はちょっと笑ってしまった。それ以外になにをするの？　夜通しトランプをしていたと言ったら信じるの？

「セックスをしていました。みんなで」

好奇な目をしている。人は人のセックスの話が好きだ。

「よくするのかな？　みんなで」

「いいえ、初めてです」

「初めてで、あんまりよく知らない人たちと？」

「はい」

あの、と私は言った。

「私、なにもしてません。疑われるようなことはなにも」

いやいや、と四十代の刑事は言う。

「もちろんもちろん、疑ってるわけじゃないですよなにも。ただその日なにがあったかを訊きたいだけで」

「加代子は自殺じゃないんですか？」

「それはまだ調べてみないとわからない。彼女が自殺するような理由というか原因はなにかあると思う？　普段なにかに悩んでいたとか」

「わかりません。悩みは聞いたことないですけど」

気を悪くしないでほしいんだけど、と五十代の刑事が口を開く。

「四人でホテルで、そのセックスをして、加代子さんはどうだったのかな。なにか変だったり、あるいは誰かを特に好きになったりとか、そういったことはあったかな」

私は少し考えて、ないです、と答えた。

「アメともトオルくんとも、フランクに楽しんでました。たくさんお酒を飲んでたし、いつもより楽しそうでした」

「じゃあもしかすると目を覚ましたときに外の空気を吸いたくて、窓を開けたときに転落してしまったのかもしれない」

「ああ、そうかもしれません」

ふうむ、と五十代の刑事がわざとらしく手を口元にやる。

「あともうひとつ。加代子さんの財布には現金がなかったんだ。カバンにも部屋にも現金がなかった。君たちは先に帰ったようだけど、料金はどうするつもりだったんだ？」

「加代子の財布に現金がなかったのは知りませんでした。加代子はお金持ちだからたぶん払えると思っていました」

わかりました、と言って五十代の刑事は手帳のようなものを閉じた。あともうひとつ、と言ったのは四十代のほうの刑事だった。

「君がホテルを出たあと、男のどっちかがホテルに戻ってきたね？　どっちかわかるかな」

「おい」といさめるように五十代の刑事が言う。

「戻ってきたんですか？　アメかトオルくんのどっちかが？」

「いやいや、不審者を見なかったか、という話ですよ。あなたがホテルを出るとき、誰も見てないでしょう？」

「はい」

どういうことだろう。アメかトオルのどっちかが戻ってきた？　可能性があるとすればトオルだと思うけどなぜ？

それからいくつか加代子の普段の様子について質問があった。知っていることを適当に話すと、もうこれ以上の情報はないと思ったのか、二人の刑事は立ち上がった。

最後にアメの連絡先を訊かれたから伝えた。今後またお話を聞かせてもらうかもしれませんがそのときはよろしく、というようなことを玄関で靴を履きながら言った。

ようやく解放される、と思った。頭がくらくらした。昨日のお酒も体に残っていて、へとへとだった。

玄関扉に手をかけながら、こんなこと言うのはあれだけど、と五十代の刑事のほうが振り返った。

「加代子さんが亡くなって、君は悲しかったかい？」

私は少し考えるふりをして「わかりません」と答えた。悲しかったと答えるべきだったんだろうけど、疲れていた。

刑事の足音が遠くなっていくのを玄関で聞いた。彼らが完全に去るのを数をかぞえながら待った。でもまた足音が大きくなって近づいてきた。忘れ物かなにかかと思って扉を開けると宇津木が立っていた。

「警察、大丈夫だったか」

私は少し笑った。なにしてんの？　もしかして警察がくる前からずっといた？　数時間うちの近くで待ち続けたの？それって狂ってない？

「ねぇ、やっぱり宇津木がストーカーしてる元カノってさ、私？」

「僕には、君しか元カノはいない。き、き君以外と交際したことは、ない」

「高校生のころの話だし三ヶ月しか付き合ってないよね？　ちょっと怖いよ？」

「警察はなにか言ってたか？　加代子のことだろう。ちょっと、外に出れないか」

宇津木と一緒に十二時にベトナム料理屋に入ると、ナムちゃんが心配そうな笑顔で、いらっしゃい、と言った。

「大丈夫だった？　なんだかよくわからないけどあいつも慌ててたし。ニュースに関係あるの？　言いたくなかったらいいんだけど」

私と宇津木の分の水をテーブルに置く。

「加代子、同級生なの。死んだって報道されてた子。その日私もアメも一緒にいたの。だから慌てたんだと思う」

ナムちゃんが険しい顔をしたから私は続けた。

「でも私もアメもなんの関係もないの。さっき警察がきて話を訊かれたけど、その日のことを正直に話したら帰っていったから」

もう一組、客が店に入ってきた。ナムちゃんは「また詳しく話聞かせて」と言ってテーブルを離れた。

「じゃあ別に、警察に怪しまれるようなことはなかったということか」

宇津木の言葉に、そうね、と私は答えて警察とのやりとりの詳細を話した。アメかトオルがホテルに戻ってきたかもしれない、という話には別に驚いた様子はなかった。

それより、と宇津木は言った。

「加代子の財布から、金を盗んだのは誰だ？　警察の言うとおり、最初から現金がなかったというのは、変だ」

私は宇津木には正直に答えた。気持ちがくさくさして、お金を盗んでしまった、と。

宇津木は頷くだけで不快な表情も浮かべなかった。

「でも宇津木はなにを知ってるの？　なんであの日の朝にホテルの近くにいたの？」

ずっと待っていた、と宇津木は当たり前のことのように言う。

「長い、一日だった。加代子と二人で、ここでランチをしているときから見ていた。四人でカラオケにいって、ホテルに入ったあとも、ずっと外で待っていた。こ、凍えるかと思った。気が遠くなるほど長い夜だった。今年いちばんの寒波がきていた。それでも待った。だから、先に男二人が出て、君がそのあとひとりでホテルから出てきたことも知っている」

相変わらず狂った男だった。冬に夜通しで人のあとをつけるには相当な理由が必要なはずだけど、宇津木にはそれがない。たぶん私の一日を知りたかっただけ。

「どうして今更また私のストーカーを始めようと思ったの？」

「ずっとしていた。気づいてないだけで」

「気づいてたよ。でも五年位前にやめたじゃん。私が、もうつきまとうのはやめて、って言ったから」

○7○

「そうだ。そのとき、君は当時付き合っていた彼氏に、僕と縁を切るように言われた」

「そうそう。ストーカーなんて冗談でもおもしろくないから宇津木とは連絡をとるなって言われちゃって」

「僕は、それからもずっと、君のことを調べていた。最近面倒な男の気配もないし、またちゃんとストーカーやろうかな、と」

「バカなのね？　もう高校卒業して七年も経つよ」

「まだ七年だ。これからだ」

高校のころの私は、彼氏ができても一回セックスをすればすぐに振られた。これはきっと加代子のせいだった。あることないこと彼氏やまわりの人に吹き込んで、私と付き合うことで彼氏のイメージが下がるように仕向けていたんじゃないかと思う。だから私はすぐに振られたわけだけど、関係まで切れたわけじゃなく、別れてからは人目を忍んで会ってセックスをした。彼氏彼女ではなく、純粋にセックスをする関係。

そういう男が十人を超えたときに、私がひどい淫乱で平気で人を裏切る人間だと噂されるようになった。確かに結果だけをみればその噂のとおりだった。でも私は一人ひとりと真剣に付き合って制服でデートがしたかった。自転車に二人乗りをして海にいったりしたかった。クリスマスに安いプレゼントを交換したかった。それができなかったから家やカラオケでセックスしたわけだし、それを望んだのは男のほうだ。それなのに。

そんなときに付き合ったのが宇津木だった。嫌われ者同士がくっついて、まわりはさぞおもしろかっただろう。休み時間に矢沢あいの漫画を読んでいた宇津木に私が話しかけたのがきっかけで、一緒に帰るようになって付き合うことにした。でも宇津木とはセックスをしていない。結婚してからだ、と彼が言ったからだ。相手が宇津木だったから、加代子が邪魔をしてくることもなかった。むしろ宇津木程度の男で手を打つしかなくなった私を笑った。

宇津木と別れた理由は覚えていない。きっかけがあったわけでも嫌いになったわけでもなかった。ただなんとなく連絡をとったり喋ったりするのが億劫になって、他の男と寝る日々を選んだ。

しばらくして宇津木のストーキングが始まった。最初は怖かった。登下校のときは家の近くで待っているし、長文の手紙も何通も家に届いた。でも話しかけてきたりしつこく連絡してきたりすることはなかった。手紙も宇津木が考えた物語が書かれていたりするだけで害はなかった。いうなればファッションとしてのストーカー行為だった。

だからそのうち私もそれに慣れて、彼のストーキングを楽しむようになった。宇津木が家の前にいないと寂しさを感じるようになったし、手紙がこない日が続くと心配になった。

そうして私たちはある意味で関係を深めていった。いびつな方法ではあったけど、普通の男女では通じ合えないなにかを育んでいった。

でも二十歳になったときにできた彼氏に、宇津木のことを話すと縁を切るように言われてしまい、私は宇津木を拒絶した。それで宇津木のストーキングは終わったはずだった。

それが五年の歳月を経てまた始まって、私は救われたような気持ちになっている。私のことを見たい知りたいと思う人がいることで、生きていていいんだと思える。私という存在が肯定される。これが愛なのかしら。長時間のクンニリングス以外にも愛はあるのかしら。そう思った。

今後また警察から連絡があったら宇津木に知らせることにし、解散することにした。帰り際に、私のことが好きか、と宇津木に訊くと、ああ、と言った。

「この先もずっと?」

「ああ」

宇津木と会っている間にアメから電話があったけど、無視することにした。きっとアメのところにも警察がきたという話だろう。宇津木のことを考えると、どうしてアメのような男のことを好きになったのかわからなくなった。

家に着くまでの間で、明日のバイト終わりの時間に合わせて美容院の予約をした。ボブだった高校のころの髪形に戻そうかなと思った。宇津木と付き合っていたときの髪形に。そういうことを考える自分がかわいかった。

家に帰るとお母さんが居間で待ち受けるように座っていた。外は寒く体が冷えていたからお風呂に入りたかったのに、許してもらえなかった。

お母さんにも警察とのやりとりやその日にあったことを話した。

何度も同じような話をしていると、漫談をしているような気になってくる。要点を外すことなくその日の流れをスムーズに伝えるのはもはや作業だった。でもそのせいで、四人でセックスしていたことをあまりになめらかにお母さんに説明してしまった。親子仲が悪かろうが、娘が知らない男と複数で交わっている話は聞きたくないだろう。お母さんの顔にはありありと軽蔑の色が浮かんでいる。

「なにが楽しくて四人でラブホテルに入るのか私にはわからないけど、もうややこしいことはやめなさい。情けない。なにが楽しくて……」

なにも楽しくないよ、と私は言う。

「それに別になにもややこしくない。たまたまそうなっただけ」

「あんたが加代子ちゃんを変なことに誘うからこんなことになったんじゃないの。信じられない」

「加代子は私よりのりのりで腰振ってたよ」

やめなさい！　とお母さんは怒鳴った。

「自殺したのよ、加代子ちゃん。私にはわけがわからないわ」

「お母さんも加代子のこと嫌いだったじゃん」

お母さんは刺すように私を見たあと、はあ、と大きくため息をついた。

「これでまた加代子ちゃんのお母さんからあることないこと言われるのよ。憂鬱だわ」

「またってなに？　お母さんがなにを言われるの？」

「あんたの借金とか生活のことよ」

「ああ」と私は笑う。

笑い事じゃないのよ、とお母さんは頭を抱えた。

「あんたまた借金してるんでしょ。知ってるのよ。でももううちにはお金ないからね。あんたが自分で返せなくなったら終わりよ。もうどうしようもない」

「死ぬしかないね」

私が笑顔でそう言うと、お母さんもにこりと笑って「私たちもね」と言った。

「私もお父さんも終わりよ。みんなで死ぬしかないわ。あんたのせいでね」

「じゃあもう死のうよ。この先希望なんてないでしょ？」

「そうね、そうするわ」

話を終わらせるためにお母さんがそう言ったのはわかっていた。全然本気じゃないってことは。でも今日一日いろんなことがあって、心の奥に黒いなにかが溜まっていたんだと思う。お母さんを傷つけたい。その衝動を抑えられなかった。

立ち上がろうとするお母さんに向かって、やっぱり三年前に死ぬべきだった、と私は言った。

「お母さんが借金返してくれたときさ、私に、死なないで、って言ってたけどさ。やっぱり死ぬべきだったってことでしょ？　結局死んでほしいって思うならあのときもそう言ってよ。あんたなんて死ねばいいってさ」

「そんなこと言ってないでしょう！　私はね、」

無責任なんだよ！　と私はさえぎって叫んだ。

「死なないで、なんてさ、無責任だよ。お母さんになにがわかるの？　生きてても迷惑がられるだけなのに生きてどうするの？　生きれば生きるほど全部ダメにしちゃうのになんのために生きるの？　生きててもなんにも楽しくないのに、どうしてとりあえず生きなきゃいけないの？　もう、死なせてよ」

お母さんは顔をゆがめて体を震わせている。半開きになった口のまま私を見ている。

「……本当に生きていてもなにも楽しくなかった？」

「……うん」

「そう……。じゃあ私が間違っていたのかもね」

お母さんはゆっくり立ち上がって部屋を出ていった。

こんなことは言うべきじゃなかったし、言いたくもなかった。生きていて楽しいことはたぶんあった。「死にたい」というのはファッションのはずだし、お母さんを傷つけるためにつかう言葉ではなかった。

でも、それでもお母さんには、死なないで、って言ってほしかった。じゃないと、もう死んでもいいんだね、って、そう思っちゃうよ。

5

もうバイトにいく必要なんてないやどうせ死ぬんだし、と思っていたのに、朝七時に起きてきちんと身支度を整えて電車に乗り、三十分前に職場に着いた。むしろ今日こそはタクシーでよかったんじゃないかと思った。今日なら運転手さんとご機嫌に話すことができたんじゃないかな。日当七千五百円のバイトに遅刻しないために、二千円のタクシー代を払ってるんですよ私、しかも借金までして、と言えば笑ってくれるだろう。いや、説教するタイプの運転手だったら泣いちゃうな。

早く職場に着いてもやることがなかった。タイムカードを切ってから外に出た。

二月の風は冷たく、まだ春は遠かった。

倉庫街を走る無数のトラックを見ていると、私もトラックの運転手になろうかなと思ったりした。

冬の海の匂いがする。死に際の匂いに似ている。私にはわかる。

コンビニで雑誌を買い、今月の占いが最下位でその理由を熟読しながらホットカフェオレを飲んでいると、始業時間を過ぎていた。

雑誌をコンビニのゴミ箱に捨て、悠々歩いて職場である倉庫に戻る。宇津木はちゃんと作業をしている。パートのおばちゃんたちからの好奇な目。何日か無断欠勤をしただけなのに、まるで世紀の大泥棒が現れたかのような視線。まあ泥棒ではあるんだけども。

目立たないようにおばちゃんたちの中に紛れ込めたと思ったのに、社員のおじさんから呼ばれて別室で説教を受けた。説教というより解雇通告のようなものだった。いつでも辞めてくれていい、というより次に無断欠勤・遅刻があったら辞めてほしい、代わりはいくらでもいる、そういう趣旨のことをはっきりと強い口調で言った。うだつの上がらないおじさんにしては頑張って説教をしていた。彼には職場の風紀を乱さないようにする責任があるし、なによりパートのおばちゃんたちの機嫌を損ねないようにする使命がある。

これは辞める日も近いなと思ったけど、まさか数時間後に辞めるとは思わなかった。昼休みが終わり、午後の作業をしていたときだった。

まず宇津木がそれに気づいて目を細めた。つられるようにおばちゃんたちも顔を上げ、そのほうを見た。私は自分の肩がつかまれるまで気づかなかった。

強い力だった。振り返ると見たことのある女が鬼の形相をして立っていた。

「なんでお姉ちゃんを殺したの」

早く切り上げさせてほしいなんてわがままを言えるわけもなく、私はバイトを辞めた。おばちゃんたちの、もはやちゃんと聞こえるくらいの陰口の中、宇津木もそろって辞めた。

私たちは胸を張って職場を出た。憎悪の叫びの中で死刑台への階段を上るときもこんな感じかもしれない。

「これから先がひどい人生だったとしても、あのばばあたちよりマシだと思わないか」

宇津木はそう言ったけど、おばちゃんたちは天地がひっくり返っても自分の正しさを疑わないだろうし、少なくとも私よりは幸せに違いない。

職場の倉庫の近くにはコンビニしかなかったから、加代子の妹とはナムちゃんのベトナム料理屋で落ち合う約束をした。ここのところ毎日ベトナム料理を食べていて、私もそろそろ東南アジア美人になれるかもしれない。

十四時半に店に着いたときにはランチ営業が終了するところだった。でもナムちゃんが「いいよ、店閉めるけどつかってもらって」と言ってくれた。

妹の紗代子《さよこ》は席につくなり泣いた。私と宇津木は紗代子が話し始めるのを待った。お姉ちゃんを返して、と彼女は言った。

「わかってるの。あんたが突き落としたんでしょ。知ってるの。お姉ちゃんがうらやましかったんだ。お金にも困ってた。だからでしょ？　でも殺す必要ないだろ」

私がなにも言わないでいると、答えろよ、と紗代子は叫んだ。

「絶対許さないからな。絶対に許さない」

「私はなにもしてない。加代子が勝手に死んだだけ」

○ 8 ○

紗代子は水が入ったグラスを私に投げつけた。服が濡れ、グラスが床で割れた。なにしてんだお前、とナムちゃんが言い、ごめん後で片付けるから、と私が代わりに謝る。

「勝手に妄想すればいいけど、私はなにもしてない」

紗代子は私をにらみ、カバンから手帳のようなものを出した。

「お姉ちゃんの日記。絶対お姉ちゃんは自殺なんてしないのはこれでわかるし、あんたが犯人だっていうのもこれでわかるから」

死んでから日記を読まれるのはつらいだろうなと思いながら読んだ。

赤裸々に加代子の生活が記されている。加代子はさぞ自分がかわいく魅力的でウィットに富んでいると思っているようだった。まるで自分が物語の主人公のように書かれていたけど、そりゃ加代子の人生は当然加代子が主役であるべきだった。

私は見事に加代子の人生における名脇役だった。とにかくバカで股を開くだけが取り柄で、一から十までダメな女だった。

その中でしきりに書かれていたのが「今日も一万円は返ってこなかった」という話だった。私は昔に加代子から一万円を借りていたらしい。そんな覚えはなかったけど、なにより日記に書くくらいなら直接言えよ、返せるかどうかはわからないけどさ。

「わかった？　あんたはお姉ちゃんに一万円さえ返せないし、借金もたくさんある。

だからお姉ちゃんの財布からお金を盗んだ。たぶんだけどそれをお姉ちゃんに見られた。だから突き落とした。違う?」

違う、と言って私は、へへ、と笑った。笑う理由はなかったけど、なんだか笑ってしまった。緊張した空気とか真剣な面持ちとか、そういったものは得意じゃなかった。でも私以上に宇津木が、えへへ、と笑っていてやっぱり変なやつだった。

紗代子にとっては私たちの態度は許せないものだったようで、そこからは私たちを罵り倒した。

紗代子は私たちが高三のときに同じ高校に入学してきたのもあってか、生前加代子から私や宇津木の悪口を聞かされていたようだった。だからその罵倒もある意味正確なものだった。

でもその罵りが私の親に及んだときはさすがに閉口した。

「貧乏だと平気でうそをついて人も殺せるようになるのね。毎日朝からパチンコに並ぶ親からはそんな子どもしか生まれないのかもね。あんたが一人っ子でよかったわ、こんなバカが二人もいたら困るから」

口の悪さや人を傷つける才能は加代子家に代々伝わるものなのかもしれない。

「親まで悪く言わないと、気が済まないのか」と宇津木が私に代わって言った。

バカは反省できないからね、と紗代子は卑しい顔をする。

「このバカを産んだ親に反省してもらうしかないでしょ。どうしようもない人間は子どももなんてつくるべきじゃないのよ。借金つくってお金盗んで人を殺す子どもが育つんだから」

そういえば昔に加代子にも同じようなことを言われた。ちょっとした喧嘩というか言い合いだったのに、それが熱を帯びて「貧乏は連鎖するって聞くけどお金や男のだらしなさも遺伝するのね」みたいなことを言われた気がする。私はどうしようもない人間だから仕方ないけど、親が悪く言われるのは結構きつかった。確かにろくでもない親ではあるんだけどさ。

それからも紗代子の私の両親に対する罵倒が続いたときに、もう黙れ、と宇津木が言った。

「それ以上言うと、許さない。お、お前に人の親を悪く言う資格はない」

「あんたはこの人の親に会ったことあんの？　どうしようもないわよ。格好も汚くてなんか臭いし。あんたの家族なんて全員死ねばいいのに。そのほうが世の中のためになる」

宇津木は勢いよく立ち上がり、水が入ったグラスを手に取った。まずい、と思った。腹が立っても紗代子と同じレベルにまで落ちてほしくなかった。なによりナムちゃんの店に迷惑をかけたくなかった。

宇津木はしばらく動かなかった。怒りで腕をぷるぷるさせていた。でも耐えかねたのか、グラスを持ち上げて自分の頭の上から水をかけた。

は？　と思った。隣に座る私にもちょっと水がかかった。紗代子は目を細めて吐瀉《としゃ》物《ぶつ》を見るような表情をする。ナムちゃんは「なにしてんだお前」とさっきとは違う調子で言う。

「それ以上、彼女を悪く言うなら、次は我慢しない。次は、殴る」

びしょびしょの宇津木を見て、きもすぎ、と紗代子は言った。

「バカがバカのことストーカーしてんだってね。マジできもいから。ストーカーごっこかなんだか知らないけど、きもすぎるだろ。死ぬまでやっとけ。死ね。早く死ね。お前ら全員死ね」

そう言って紗代子は席を立ち、店を出ていった。

お疲れ様、と言いながらナムちゃんは宇津木にタオルを渡し、割れたグラスを片付ける。

「横で話聞いてた限り、あの子が全面的に悪いけど、姉ちゃんが死んだらおかしくなるもんかもね。あんたもあんまり気にしないようにね」

「でも加代子ってろくでもないやつだよ。お姉ちゃんだったとしても」

「それでも、だよ。どんなやつでもやっぱり家族は大事なんじゃないかな。死んだら悲しいよ。あの子をかばうわけじゃないけど」

「私一人っ子だしあんまわかんないや」

もうこの話はしたくなかった。加代子や紗代子のことを考えたくなかった。どうしようもない私のせいでひどく罵られる両親のことを思うと死にたくなる。

ねぇそれよりナムちゃん、と私は席を立ってナムちゃんの片付けを手伝いながら「ここで雇ってくれない？」と訊いた。さも真面目に働けるかのような笑顔で。

「バイト、クビになっちゃったの」

ナムちゃんは険しい顔で首を振る。

「この店、全然もうかってないの。私の首さえ危ないよ。ねぇ、それよりさ、あんたは悲しくないの？　その加代子って子が死んでさ」

私はうつむいて考えるふりをしてから「わからない」と答えた。警察についたうそと同じうそをナムちゃんにもついた。


私と宇津木は店を出て、すぐ近くのコンビニの「店員募集」に応えて二人で面接を受けた。そのコンビニで履歴書の用紙を買い、イートインスペースに二人で並んですかすかの履歴書を仕上げるのは楽しかった。合否は後日連絡があるらしいけど、私たちは合格を疑わなかった。

十七時を過ぎて、美容院にいくと言って宇津木と別れた。

昨日までは宇津木と出会ったころのボブヘアにするつもりだったのに、結局は毛先だけ整えて金髪に近いカラーを入れた。まだぎりぎり加代子から盗んだお金が残っていた。美容師が、明日バレンタインですね、というどうでもいい話をしてきたので、すぐに寝たふりをした。

かわいくセットされた髪形はアメの好みのような気がして、昨日はもうアメなんかと会う必要はないと思ったくせに電話をした。

人の心とは所詮そういうものだろう。ちょっと飲むだけなら、セックスをしないなら、ノムちゃんを裏切ることもない。宇津木では満たせない私の空洞を満たしてほしい。セックスへ導くための安い文句で、頭の中にある加代子の妹の怒った表情を塗りつぶしてほしい。男の香りで私の憂鬱を薄めてほしい。気の毒そうな顔をする宇津木じゃなく能天気なアメの顔がみたい。そう思いながら何度もアメに電話をした。

アメは昨日私が電話を無視したことを怒っているのか、電話にも出なかったしメッセージも既読のまま無視された。アメは今日の私がこんなにかわいいことを知らないんだと思い、公衆トイレで自分の写真を撮って送ったのにそれも無視だった。

それからマッチングアプリで適当に男を誘ったのに「明日なら」なんてたわけを言うやつばかりで当てが外れた。明日なんてないから。私は今を生きていて、明日の私にはあなた方は存在しないから。あるいは明日私は死んでるから。いつだって明日があるなんて思わないで。

それでもう本当に仕方なく、お手軽イタリアンでシャンディーガフをちびちび飲んでいたジュンとかいう名前の男に電話をした。

きもい男はだいたいそうだけど、すぐに電話に出て「あれ？　どうしたの？」と含み笑いをしたような声で言う。電話しなければよかったと思いながら、今から食事でも、と誘った。

「ごめん、今日は予定あるんだ。明日なら大丈夫なんだけど」

どいつもこいつも明日は必ずくると思っていてバカばっかりだ。いつかお前の明日もこなくなるんだよわかってんのか？

男はだらだらと今日の自分の予定について話していて、それをやめさせたくて私は訊いた。

「ねぇ、前も訊いたと思うけどさ、私と一年くらい前に会ったりしてないよね？」

「どういう意味？」

「どういう意味もないよ。一年くらい前に会ったっけ？」

「え、なに？　それってもし会ってたらどうなの？」

私はため息をついた。こんな絶望的な会話ってある？　会ったことがあるかないかを訊いているだけなのに、円周率くらい会話が続きそうで滅入った。

「私と寝たことある？　加代子の合コンで出会ってその日に抱いたりした？　イエスかノーで答えて」

怒鳴るように言ったからか男はしばらく黙った。そりゃまあ、私を抱いたか？　なんて突然電話で訊かれても困るだろう。

男は、一日ずつ遡って一年前のことを思い出そうとしているかのような長い沈黙のあと「ごめん、加代子って誰？」と言った。私はなにも言わずに電話を切ってすぐ男の連絡先をブロックした。会ったことがないならさっさとそう言えよバカくそ。

もう当てはなかった。でも家には帰りたくなかった。どうしても両親と顔を合わせるのが嫌だった。だから、友達のいない私は寒空の下、ナムちゃんの店の前で閉店まで待つことにした。迷惑なのは承知のうえで。

凍えるような寒さだった。今日こそこの冬いちばんの寒波がきているんじゃないかと思った。

宇津木はあの日、こんな寒い中一晩中ホテルの外で待っていたのかと思うと笑えた。並の狂気ではない。私への愛なのかどうかはよくわからない。行為だけ見れば熱烈な愛に思えるけど、たぶんそうじゃない。例えば今私がナムちゃん家じゃなく宇津木の家にいって宇津木に甘えたとすれば、すべてが終わってしまう気がする。これまで築いてきた関係がそこで崩れると思う。宇津木はきっと私ではなく、私をストーカーするという行為が好きなんじゃないかな。

「あら、かわいい捨て犬だこと」

バイト終わりのナムちゃんの言葉に安心した。私が泣きそうな顔をしていたからか、ナムちゃんは抱きしめてくれた。

ナムちゃん家にアメはいなかった。あの日以来アメは帰ってきていないという。ナムちゃんの横顔に寂しさがあった。

シャワーを浴び、お酒を飲んで二人で同じ布団に入った。ナムちゃんの体は細く、骨と骨が当たる感触があってちょっと興奮した。暖かかった。

いろんな話をした。ウェブの専門学校にいくことは半分あきらめている、アメには毎日ここに帰ってきてほしい、アメと結婚したい。

「なんかあいつのために生きてるみたいになってて、ちょっと腹立つんだよね」

そう言うナムちゃんは嬉しそうだった。

女同士で本音を隠さずお喋りする、しかも同じ布団の中で。これはもう完全な友達だった。私にとって生まれて初めてできた完全な友達。こんなに嬉しいものなのかと思う。

きっとこれから先もいろんな話をするんだろう。悩みを打ち明ければ親身になって話を聞いてくれ、ファッションじゃないほうの死にたいときには全力で止めてくれる。アメとの結婚式にも呼ばれて生まれた子どもにも懐かれて。歳をとってもみんなでお酒を飲んで笑って。あれ？　私はいつまで生きていくつもりだろう。

あの日の話になると、アメの浮気のことは気にしていないけど、四人でホテルでセックスしていたことはさすがに気持ち悪い、とナムちゃんは言った。私は謝って、私にとってナムちゃんはいちばん大事な人だと伝えた。生まれて初めての本物の友達だから。

でもナムちゃんはあきれたようにため息をついた。

「もっと大事な人はいるよ。いるでしょ？」

私は首を振って、いない、と答えた。本当にいなかった。

「家族も私が死ねばいいと思ってる。昨日お母さんにそう言われちゃった。ナムちゃんにはきっとわからないよ」

「あんたがわかってないのよ。会話のできる親がいるってだけマシよ。私にはいないからさ。ちゃんと話してみなよ。結局家族ってぎりぎりのところに愛が残ってると思うよ」

「そんなのわかんないよ。それぞれの家族によると思う。虐待される子だっている

○9○

し」

「そうね。でも私は信じたいのよね、どんな家族にも、形はいびつだったり間違いがあったりしても、ぎりぎりのところで愛はあるってさ」

わかるようなわからないような話だった。それに、私はこういう抽象的な話は好きじゃなかった。だから「私、加代子が死んでもちっとも悲しくなかった」と正直に言った。

「私にとって友達と呼べるのは加代子くらいだったのに、全然悲しくなかった。家族が死んでも同じだと思う。愛ってなに？　感情ってなに？　って感じ」

「ほんとになんにも感じなかった？」

「うん」

「加代子って子はもうこの世にいない、ってことを改めて考えてもなにも感じない？」

私は目をつむって考えてみる。加代子がいた世界といない世界について。

あれに似てる、と私は思い出して言う。

「小学校のときにあった、転校していく子のお別れ会みたいなやつ。ナムちゃんの小学校もあった？　あのときみたいな気持ち。ああ、この子は明日から学校にこないいんだなあ、って」

ナムちゃんは険しい顔をして考える。

「じゃあ悲しかったってことじゃない？」

ううん、と私は首を横に振る。

「早く全部終わればいいのに、って思う」

6

早朝、家に着くと玄関前にすずめとハトの死骸があった。そっか、偶然すずめとハトが私の家の玄関の前まできてぱたっと死んだんだ、なんて思うわけはない。でも嫌がらせと判断するのは早計で、偶然の可能性だってある。いずれにせよ私にはどうすることもできないから死骸をまたいで家に入った。

「また朝帰りか。結構やの」

「最近よく話しかけてくるよねお父さん」

数日前と同じように居間でテレビを見ている。飲酒量が減ったからなのか増えたからなのかわからないけど、朝から大きな声で話しかけてくるのはやめてほしかった。

「いつもどこいっとんねん。男んとこか？」

「お母さんは？」

「知らん。昨日から帰ってないんちゃうか」

「玄関に鳥が死んでた」

「なんやそれ。片付けたか？」

「私にできるわけないじゃん」

体が冷えていたからココアを入れ、なんとなく自分の部屋にはいかずにお父さんの前に座った。話したいことも一緒にテレビを見る理由もなかったけれど。

そや、とお父さんは言う。

「加代子ちゃんのやつ、あれ俺にも警察が話聞きにきたわ。俺なんもわからんから、なんも知らんわ言うたけどな」

私は鼻で笑った。なんも知らんことを娘に報告する必要はないのよ。

「お父さんはそりゃなんも知らないよね。加代子の名前も覚えてなかったんじゃない？」

「それは知っとったよ。うちにきたことあるの加代子ちゃんくらいやろ。でもどんな子やったとかお前との関係はとか訊かれてもそんなもんわからんからな」

「そうだろうね。でもさ、私が普段からお父さんにいろいろ話すタイプの娘だったとしても、お父さん同じように『なんも知らない』って警察に答えてたと思うよ。人の話とか興味ないでしょ」

うん？　とお父さんは首をかしげる。

「ようわからん。たとえばお前が俺にいろいろ相談してきてたら、ってことか？　そら相談とかされたら興味はわくよ。話も聞くし」

　聞かないよ、と私は強い口調で言った。

「お父さん人のことに興味ないじゃん。私が相談してたとしてもなんにも聞いてくれなかったと思うよ」

「そんなことないわ」

「あるよ。もしお父さんが他人に興味もって、お母さんの話とかちゃんと聞いてあげてたら、うちの家族ももっと仲良かったと思う」

　お前もやろ、とお父さんは言った。言うべきじゃないかもしれない、というような表情があった。

「お前も他人に興味ないやろ。俺にもお母さんにも。勝手に生きて。みんな一緒や。でもな、それでええやんか。別にそんな困ってないやろ」

　確かに別に困っていなかったので私は黙った。お父さんの言うとおり、それでええのかもしれない。うちの家族が家族っぽくなくても別に。

　昨日の夜にナムちゃんから家族とか愛とか感情とかいろいろ難しいことを言われたからだと思う。その難しいことに感化されて思いをぶつける先がお父さんだなんて、ちょっと恥ずかしい。

あと、おとといお母さんにひどいことを言っちゃったせいもある。その責任を転嫁したくて、お父さんがもっとちゃんとしていたら、なんてことを考えてしまった。

それと、なにより昨日加代子の妹にいろいろ言われたせいだ。全部私が悪いのに、両親を責めたくなっちゃって。

別にええやんか、は正しい。家族が不仲で貧乏で、どうしようもない娘がどうしようもないことをしていても、別にええのだ。

テレビのニュースでは、デパ地下のお菓子売り場の混雑ぶりが流れている。ハッピーバレンタイン。

一粒一万円のチョコレートが紹介され、私が丸一日働いても口に入れることができない一粒のチョコレートはどんな味がするんだろうと思った。

一日分の疲れや不満や悲しみを全部吹き飛ばしてくれるんだろうか。私のとんでもなくつらい一日の対価として至極の喜びを与えてくれるんだろうか。

もしそうなら、私は毎日買いにいく。日当七千五百円だから毎日二千五百円の借金をすることになるけれど、それでも毎日買いにいく。

だってそのチョコレートのために一日が始まって一日が終わるんだから。最高じゃない？　生きていく理由が単純で。

私はそういうのでよかった。チョコレートを食べる幸福のために生きつつ、借金を膨らませて自分の首を絞めていく。そのときがきたら死ねばいい。それでよかった。でももう日当七千五百円の仕事さえなくなってしまったけれど。

でも待てよ、と思う。それって今の生活のとおりじゃない？　私はその日その瞬間の快楽のために働いて借金をして生きているわけで、なるほど私の生活は毎日あのチョコレートを買っているようなものなのだ。腑に落ちた。すごく。あとすごくチョコレートが食べたくなった。

ねえお父さん、とテレビを見たまま私は話しかける。

「私がチョコつくったら、食べる？」

こんなんか？　と言ってお父さんはテレビ画面を指す。

「甘そうやなあ。いや、ええわ、いらんわ。甘いの好きちゃうからな」

「でもつくったら食べてくれる？」

いやあ、とつらそうな顔をして頭をかく。

「ほんまにいらんわ。まあでも食べなあかんやろな。いやあ、でもほんまにいらんわ。つくらんでいいからな。お父さん甘いもん好きちゃうから」

何回も言わなくていいよ、と私は笑顔で言う。

「でもわかった、つくるよ。チョコ、つくります私」

「なんやそれ。わかってないやんけ。いらん言うたやろ」

そう言ってお父さんは嬉しそうにタバコに火をつけた。


なにをつくろうか考えるのは楽しかった。トリュフもクッキーもいいけど、私はチョコレートケーキが食べたい気分だった。ホールのスポンジを買ってチョコクリームを挟んで上から溶かしたチョコをこれでもかというくらいかけたやつは絶対においしい。

元気が出てきた。とびきりおしゃれをして大きな駅のデパートまで食材を買いにいきたいと思った。

古着の山から気分に合うものを選び、ひきだしからぴったりのアクセサリーを探す。ひきだしにはタグのついた未使用未開封のネックレスやピアスが大量にある。いつ買ったのかもなぜ買ったのかもわからない。これらも私の意思に関係なく勝手に私に買われたものだ。私という私の知らない人が、知らないうちに理由なくこれらのアクセサリーを買った。ちょっとなにを言っているのかわからないだろうけど、私にだってわからない。

鏡を見ていると、部屋の隅にある紫のセーターとベージュのシャツの間に、剣を突き上げている小さな男が映った。古着に隠されたいつかのフィギュアは、あらゆる困難を乗り越えてそこに立っているみたいに見えた。私は仕方なくすべてのフィギュアを箱から出し、全五種類のうち手に入った四種類を机に並べてみた。

主人公だけがいなかった。物語を始められない四体のキャラはどこか場違いな感じがあった。勇ましい顔で、責めるように私を見ている気もした。

ちゃんと箱を見て買えば容易に手に入るはずだったのに、なにをしているんだ。みんなが当然もっているものを、どうしてお前はもっていないんだ。人が当たり前にしていることを、なぜお前はできないんだ。

ごめんごめん。でもこれが私の人生なんだよ。仕方ないじゃん。私が決めたわけじゃないいんだよ。そう思いながらすべてのフィギュアをまた古着の中に隠した。

気を取り直すように、ファッションショーみたくいろんな服を試しているうち日が暮れた。外に出るのが億劫になった。でもお父さんと約束したから、近所のスーパーで必要なものを買った。あんなに服装に悩んだのに、原色を組み合わせたださい格好で近所を歩くことになって、これもまた人生って感じだった。

この買い物で財布の中の加代子のお金がなくなった。六万円くらいあったはずなのに、なににつかったんだろうと不思議に思った。

食材は買ったものの料理をする気は起きずに、ベッドで漫画を読みながらマッチングアプリをしていると眠ってしまった。深夜に目が覚めて空腹を感じ、ようやくケーキをつくることにした。

思ったより時間がかかったけど、つくっているときは楽しかった。

空が白んでようやくチョコレートケーキができた。私は空腹を思い出して、ケーキの半分を台所に立ったままむしゃむしゃ食べた。こんなんじゃ加代子みたいなお腹になっちゃうなと思ったけど、その加代子はもうこの世にいなかった。

玄関扉が開く音がして、お母さんが帰ってきた。お母さんはお皿や調理器具でぐちゃぐちゃになった台所を見て険しい顔をする。

「バレンタインだから」と言い訳するように私が言うと「昨日で終わったわよバレンタイン」とお母さんは仕方なく笑った。

お母さんから香水の匂いがした。よく見ればめかしこんだ格好をしている。男と会っていたのかもしれない。五十を超えて結構なことだと思うけど、どこでどう出会うのか不思議だった。まさかお母さんがマッチングアプリで男漁りをしてはいないだろう。

でもお父さんはなんとも思わないんだろうか。甲斐性がないから仕方ないの？　もういい歳だから気にもならないの？

お母さんがシャワーを浴びて戻ってきたときに、お父さんも起きてきた。久しぶりに家族三人が顔を合わせた。

なんやこれ、と言いながら散らかった台所を見てお父さんは麦茶を飲んだ。「コーヒー飲む？」と私が訊くと「飲む」とお父さんは答え「私がやるから」と言ってお母さんが人数分のコーヒーを入れた。

「お父さん、約束どおりケーキつくったよ。バレンタイン過ぎちゃったけど」

ああ、とまだ眠そうな目でお父さんは言う。半分になっているチョコレートケーキを見て目を細め、気分が悪そうに胸を押さえる。

「ケーキかあ。ケーキなあ。ちょっとあれやなあ」

「クッキーのほうがよかった？」

「いやまあクッキーもクッキーであれやけどな。ケーキかあ」

「いらない？　今じゃなくてもいいけど」

「うん。いらんかなあ」

「あとで食べる？　食べない？」

「うーん、いらんなあ」

そっか、と私は言った。そう言うと思ったけど、せっかくつくったのにな、とは思った。

食べなさいよ、と冷たい声でお母さんが言う。

「美帆がせっかくつくったんだから食べてあげなさいよ。かわいそうでしょ」

あ？　と怒りのこもった目をするお父さん。

「朝からケーキなんて食われへんやろ」

「じゃああとでもいいから食べてあげてよ。まったく食べないのは美帆に失礼よ」

「俺は最初からチョコなんていらん言うとったんや。そやのになんで俺が悪いみたいになっとんねん」

「娘がせっかくケーキつくってくれてるのにそれを食べてあげようと思わないの？どうかしてるでしょ」

もういいよお母さん、と私は気まずくなって言う。

「朝だしね、まあみんな気が向いたら食べてよ」

「お父さん絶対食べないわよ。そういう人だから」

なんやお前、と大きな声。

「朝からなんなんじゃ。じゃあ食うわ、これでいいんやろ」

そう言ってスプーンでケーキをすくい、口の中に入れる。「無理しなくていいよ」と言う私の言葉は届かない。

信じられない、とお母さんは汚物を見るような目でお父さんを見ている。

「そんなことして誰が喜ぶの？　無理やり食べさせられたみたいに。ほんと昔から人の気持ちがわからない人ね。美帆がかわいそう」

「お前がいらんこと言うからやろ。なにを今更母親ぶっとんねん。かわいそうなことしてんのはお前やろ。ちゃんと教育もせんと」

お母さんの顔がゆがんだ。憤怒の表情へと変化していく。

「それはあんたでしょ！　今まで美帆に関心もったことあった？　ないでしょ？　いつも知らんふりして。なんで自分の子さえ大事にできないのかわからない。おかしいよ」

「えらそうに言いやがって。お前がいつこいつのこと大事にしたったんや。あ？　外に男つくってろくに家にも帰ってこんと。そんなんでまともに育つわけないやろ」

「もうやめてよ」という私の声が震えている。

「稼ぎもないのに子育てもしないでパチンコばかりして、よくそんなこと言えるわね。美帆が今何歳か言える？　誕生日は覚えてる？　あんたがどれだけ私たちを追い詰めてきたか考えたことあるの？」

「だから俺は最初から子どもはいらん言うたやろ。それをお前が産みたい言うからこうなったんやんけ。ちゃんと責任もって育てんのがお前の仕事ちゃうんか」

「子どもの前でなに言ってるのよ！　子どももいらなかったなんて……そんなことよく言えるわね。おかしいわこの人」

「お前もずっと言うとったやろ！　育児むいてない、子どもなんて産まんかったらよかった、って」

「そんなこと言ってない！」

「もうやめてよ！」

私は叫んだ。知らないうちに涙が出ていた。

「もういいからさ。喧嘩しないでよ」

二人は黙ったけど、喧嘩の熱は冷めていなかった。

お母さんが「私が食べるからね」とわざとらしく優しい声を出し「俺への当てつけか？　嫌味しか言えんのかお前は」とお父さんが怒鳴り、また口論が始まった。

昔からこんなことばかり。二人にとって子どもである私は邪魔でしかなかったし、そんなことはずっとわかっていた。でもそれは仕方ないことだと思う。子どもを愛せない人もいるし、実際私は借金ばかり増やして迷惑しかかけていない。だから仕方ない。わかってる。生まれてこなければよかったよね。

今もしお父さんとお母さんに「私のこと好き？」って訊いたら、なんて答えるんだろう。なにも言えなくなって、二人そろってうつむいたりするのかな。「お前が先言えや」「そっちが先に答えなさいよ」なんて押し付けあって、結局二人とも黙ったままで……。

ねえ、私のこと、好き？　そんなことさえ怖くて訊けないよ。

涙が止まらなくなる。うつむいたままひたすらに泣いて、穿いている水色のズボンにぽたぽた涙が落ちていく。

お父さんとお母さんは私にかまわず喧嘩を続けている。喧嘩することがなにより大事なことみたいに夢中で。

私は立ち上がって「もううるさい！」と言った。顔を涙でぐちゃぐちゃにして「ずっとずっとうるさい！」と叫んだ。そして自分がつくったケーキを皿ごとゴミ箱に捨て、二人になにか言われる前に自分の部屋にこもった。

大阪の遊園地にいったときもこんな喧嘩があったことをぼんやりと思い出す。初めての家族旅行だし両親はきっと喧嘩はしないでおこうと思っていたはずなのに、ひどい罵り合いをしていた。そのときはもう離婚するしかないという話になって、お父さんもお母さんも私を引き取りたくないと言った。私がその場にいたから直接的な表現ではなかったけど、とにかく私を押し付け合っていた。それがすごく怖かった。怖くてずっと泣いていた。

だからか、と思った。だからこの唯一の家族旅行のことを私はほとんど覚えていなかったのか。怖くてつらかった記憶を頭が忘れようとしていたんだ。

居間ではまだ喧嘩が続いている。お父さんが仕事をクビになったとか、嫌がらせの電話がどうとか、美帆のせいとか、お前が家を出ていけとか。

私はなにも聞きたくなくてイヤホンをつけ、爆音で音楽をかけた。まだ涙が止まらなかった。

そんなときにアメから着信があったら、もう仕方ない。拒めない。体中が誰か助けてと叫んでいるのに、ナムちゃんを裏切っちゃうとかそんな正しいことは考えられない。人がちゃんと正しいことをできるのは、健康なときだけ。みんながしている善行も、それは元気だからできるんだよ。

＊

昼前にアメの家に着いて、一応拒むふりはしたけれど、加代子の「やめてよもう」と同じで結局セックスをする。でもすぐに涙が出てきてアメを困らせる。

「どうしたの？　やめとこうか」と言われてもやめるとは言えなくて、首を大きく横に振ってキスをした。

アメは丁寧にしてくれた。私が気持ちいいこと全部。私に起こった嫌なことを取り除くみたいに全身を舐めて。

でもなぜかそういうのにも疲れた。俺ちゃんとやってます感というか、慰めてやってる感というか、その行為の安さが嫌だった。死ぬほど甘えたいし話を聞いてほしいのに、相手の手のひらで転がされているような不快さがあって、もどかしくてつらかった。

股の間で私の性器を舐めるアメの顔に触れ、そのあごを持ち上げるようにしてやめさせた。

他人みたいな太陽が私たちを照らしている。

不思議そうな顔をしているアメを移動させ、ベッドに仰向けにした。なにか話そうとするアメに「なにもしないで。話さないで」と私は言う。

「全部私がするから。動かないで」

そこからは大きなキャンバスに絵を描くみたいに前戯をし、スポーツみたいにセックスをした。

私が優位に立って運動することで、頭の中を空っぽにできる。まったくの健全じゃないスポーツだった。

私は私の憂鬱から解放されたい一心で、夢中でセックスをしていたから、コンドームをつけるのを忘れていた。別にどうなってもいいか、と思った。でも射精する瞬間に、アメは上にまたがる私を突き飛ばすようにして私の中から性器を抜いた。

私は運動に疲れてぐったりとベッドに横になった。冬なのに汗をかいていた。アメはタバコを吸いながら、私の外で果てた精液の片付けをしている。

片付けが終わると、舐めて、と言いながら私の前に立った。情けないペニスを私の顔の前に近づけて。絶対嫌だ、と私は言った。意味のない労働を終えたそれを慰める気はなかった。もう二度と屹立《きつりつ》するな、と思った。ちょんぎって窓から投げて、石ころみたいに小学生に蹴ってほしかった。

「ねえ、ナムちゃんとはゴムつけてセックスするの？」

アメは首をかしげ、あきらめてパンツを穿く。タバコを持ちかえて髪をかき上げる仕草は、出会ったころはセクシーだと思っていた。

「そもそもあんまセックスしないんだよ。あいつ好きじゃないんだよね、たぶん」

「でもまったくしないわけじゃないでしょ？　ナムちゃんとセックスするときはゴムつけるの？」

そんな気になるか？　とアメは笑う。

「つけないよ。つけてると痛がるから」

「結婚してもいいと思ってるし？」

「俺とあいつの子どもなんて大概不幸だろうね」

「ナムちゃんはちゃんと子どもを愛するでしょ。アメもなんだかんだ子煩悩になりそう」

そうかね、と言ってタバコを消す。服を着て私の分のお茶を入れながら、それより、と言う。

「警察きただろ？　大丈夫だったの？」

うん、と私は裸で寝転んだまま答える。

「あの日のこと正直に話しただけ。警察の人、アメとトオルくんが帰ってから、どっちかがまたホテルに戻ってきたって言ってたけど、知ってる？」

知らない、とアメは驚いた顔をする。

「なんだそりゃ。俺もトオルも家に帰ったよ。トオルは彼女の家に帰ったし、俺はこの家に美帆ちゃん呼んだし」

「トオルくんが実は彼女のところにいってなかった、ってことはない？」

「ないと思うけどな。つうか加代子ちゃん、なんで死んだんだろうな。あんなに楽しそうだったのに。自殺する理由とかわかんないの？」

「わかんないよ、仲良くないのに」

私がそう言うとアメは笑った。

「だから加代子ちゃんのお金盗んだの？」

私は目を細める。

「私、盗んでないよ。警察にも訊かれたけど」

「じゃあ誰が盗んだと思う？　美帆ちゃんしか盗む時間なかったでしょ」

「加代子が寝てて私がトイレいってる間に、二人が盗んだんじゃないの？」

アメは余裕の表情で首を振る。

「正直に言いなよ。美帆ちゃんがお金を盗んで加代子ちゃんを突き落としたんじゃない？　仲良くないし？」

その言い方に腹が立った。その私の表情に気づいたのか、冗談だよ、とアメは言う。

「もしそうだったらこんなことしてられないでしょ。あの日も美帆ちゃん、すぐ俺ん家きていちゃいちゃして、ベトナム料理食べてあいつん家で朝まで遊んで。人殺しといてそんな普通に生活できるわけない」

うん、と私は大きく頷く。

「でも加代子の妹は私が殺したと思ってる。嫌がらせもされてるの。ＳＮＳまで荒らされてるんだよね」

「そうなんだ。迷惑な話だね。だからさっき泣いてたの？」

「そう」と私はうそをついた。加代子の妹のことなんて毛ほども思い出さなかったのに。

「じゃあ旅行でもいく？　気分転換に」

「なにそれ。私まったくお金ないよ」

「いいよ、俺が出すよ。もともと俺らがあの日先に帰ったのが悪かったし。お詫びさせてよ」

アメは、今からいこう、と言ってすぐに電車で一時間程度でいける温泉宿を予約した。お金があるならあの日もホテル代ちゃんと払ってよ。みんなで一緒にホテル出ようよ。そしたら加代子も死んでなかったし、妹に嫌がらせされることもなかったのに。

家を出る前に、ナムちゃんは？　と訊くと、あいつ仕事忙しいからね、とわけのわからないことを言った。本命の彼女が忙しいから別の女と温泉旅行にいくなんて、最高に悪いところを凝縮したバンドマンだね。

「温泉から帰ったらちゃんといい曲書くよ」

旅行中は努めて頭を空っぽにした。ゆっくり温泉に入り、部屋で食事をし、セックスをした。お互い携帯の電源を切って楽しもうとアメが言ったので、それに従った。逃避行みたいだね、とアメが笑顔で言ったけど私は笑えなかった。

これが略奪愛なら楽しかったのかもしれない。つらくて苦しくても救いはあったかもしれない。私がアメに夢中で虜になっていたら、矢沢あいの漫画に出てくる幸子みたいに恋が成就してハッピーになっていたかもしれない。

幸子は好きな男と一緒にいる時間を延ばしたくて、故意に走りにくい靴をはいて終電を逃す。あきれる男に「わざとだよ？」と言う。その幸子のかわいさったらない。幸子の「わざとだよ？」はタイミングも言い方も見事だし、恋人がいる男でもぐっとくる。気持ちをもっていかれる。幸子と浮気もしちゃう。でも二人には障害を乗り越える愛がある。

これは幸子の略奪愛ではあるけれど、私の場合は違う。ナムちゃんからアメを略奪する気なんてないし、アメなんかぐしゃぐしゃにしてゴミ箱に捨てたいくらいいらない。それでも現実は略奪愛よろしく一緒に温泉旅行にきている。もう二度とアメとセックスなんかしたくないのに。

私はなにをしてるんだろうと百万回は思った。果てのない虚しさが込み上げてくるたびに、目をつむって宇津木のことを考えた。宇津木と矢沢あいの話がしたかった。

急に涙がぽろぽろ出てきたりもして、アメに見られないようにするのが大変だった。死にたかった。アメに「どうしたの？」と訊かれ「なんでもないよ」と答えるたびに死にたさは増した。アメが微笑むたびに体が震えた。

どうしてアメと旅行しなきゃいけないんだろう。どうして断らなかったんだろう。両親に愛されていないから？　孤独で憂鬱だから？　そんな自分の気分だけでナムちゃんを裏切ったの？　ううん、違う。なにも考えてない。私はいつもなんにも考えていない。

私はなにかを選ぶとき、いつも無意識に悪いほうを選んでいる。もしくは考えに考えたのに、最後はどうでもよくなって悪いほうを選ぶ。きっとこれまでの選択はすべて地獄へ繋がっている。地獄が私を呼んでいる。早くいかなきゃと思う。


朝にも一回セックスをした。理由なんてない。地獄で受ける懲罰に似ていた。

チェックアウトをして駅へと歩きながら、お互いの携帯の電源を入れた。ナムちゃんからアメに二回、私に一回着信があった。

きっとナムちゃんは察するだろう。男女二人が丸一日携帯の電源をオフにしてすることは、セックスか心中くらいしかない。

ああ、ナムちゃん、ごめん。ほんとごめん。死んで償うからね。本当にごめんなさい。ナムちゃんのこと大好きだったのに。ごめんね。

「大丈夫だよ、俺うまくやれるしさ、ばれないよ。それに、」

へらへらしながらアメが喋っている。クズがカスみたいな言葉を吐いている。

なんでこいつが幸せで私が不幸なのよ。なんで私はいつも全部間違えるのよ。なんで私はまだ生きているのよ。

私の携帯が鳴って放心のまま出ると警察からだった。

「よかった繋がって。ちょっとね、また話、聞きたいんですよ、それでね、」

警察署までできてほしい、可能なら今から、みたいなことを言ったと思う。でもそれ以上は聞こえなかったし、私はなにも答えられなかった。目の前に絶対見たくない光景があったから。

私は足を止めた。アメはその私の顔を不思議そうに覗く。

わかっていたし予想はしていたけど、実際に目にしたときの不快さまでは想像できていなかった。

前方にいい歳をした男女がおしゃれをして歩いている。なんとなく夫婦には見えない。男のほうは家の近所の歯医者の先生だった。もう一人はどこからどう見てもお母さんだった。

出会い、身近すぎじゃない？　ほんとに男つくったりするんだね、お母さん。ていうかその歯医者さん全然かっこよくないよ。お父さんのほうが顔は良くない？　やっぱりお金？　バカで貧乏だと私たちはそうやって生きていくしかないの？

ねぇ、やめてよ、お母さん。

狭くて陰鬱な部屋で、この前うちにきた四十代の刑事が最初に言ったことは、私は被疑者ではないし疑いが強まったわけでもない、ということだった。ただ調書はとるし、あとで念のため指紋も採取したいという。私が構わないと言うと嫌な微笑み方をした。五十代の刑事はいなかった。

「この前と同じ質問も多くなるけれど……」

確かに以前うちにきたときに訊かれた内容とほとんど同じ質問が続いた。私もありのままに答えていく。

刑事はふんふんと頷き、話が落ち着いたときに一度目を閉じて首を回した。そして目を開き、宇津木って男は知ってるかな？　と言った。

「君と大野加代子さんの高校の同級生だと思うんだけど」

動揺した心を隠す必要があった。まさか宇津木の名前が出てくるとは思わなかった。

「はい。知ってます」

「その日、会ったかな。つまりホテルを出てから」

「はい。会いました。偶然外で。だからコンビニでコーヒーを買って二人で飲みました」

「偶然？　偶然そこにいたの？」

「ええ。たぶん。どんな用事があったのかはわかりませんけど」

刑事はまっすぐ私の目を見ている。そして手を額に当て、自分の眉に触れる。

「捜査の過程でね、周辺の監視カメラを調べたんですよ。するとね、君がラブホテルを出たあと、すぐにそのラブホテルにきた男がいた。そいつはね、ラブホテルの建物のまわりを歩いていた。建物と建物の間に入り込んだりもしていた。もしかしたら、大野加代子さんがその場に倒れているのを見たかもしれない。でもしばらくするとその場から走り去っていった」

なるほど、警察はその人物を最初はアメかトオルだと思い、戻ってきたと考えたのだ。だからあのときうちの家でどっちの男が戻ってきたのか訊いたのだろう。

「それが宇津木なんですね？」

「そう。そしてそれから君と会ってコーヒーを飲んでいる。偶然だとしたら変だと思わないか？　早朝五時に偶然二人とも同じラブホテルの周辺を歩いていて、近くでコーヒーを飲んでいる」

「でもほんとに偶然だったんで」

私の言葉に刑事が二度頷く。

「それもありえるかもしれない。なぜなら宇津木という男は君にストーカーのようなことをしているから。それは知っているかな？　つまり君のあとをつけたり君の家のまわりをうろうろしたりしていることを」

「はい」と私は答える。よく調べているな、と思う。

それがよくわからないんだ、と刑事はため息まじりに言う。

「どうしてストーカーのようなことをされているのに嫌がらないのか。嫌がらないどころじゃない。一緒にコーヒーを飲んだりしている。どう考えても変だ」

ファッションだから、と私は言った。ふいに口から言葉が出てしまっていた。言わなきゃよかったと思う。説明しても通じないことはわかっている。

「ストーカーをし、ストーカーをされているという私たちのファッションです」

刑事は首をかしげる。彼がなにかを言う前に、つまり宇津木が怪しいという話ですか？　と訊く。私たちのファッションについて深く訊いてほしくなかった。

「なら直接彼から話を聞けばいいんじゃないですか？　なにを言ってるのかわからないと思いますが」

「いやいや、彼はホテルの中に入っていないし、怪しんでもいないよ。そこでなにをしていたのか、話は聞こうと思っているけどね。でももしかしたら上から加代子さんを突き落とす人間とコンタクトをとって、そこにいたのかもしれない」

「それが私だと？」

刑事はまた首を横に振る。

「そう考えてみたんだが、どうやらそれも違う。捜査の詳細は教えられないけど、君たちがなにか意図があってそこにいたというわけではなさそうだった」

でもね、と刑事は声のトーンを下げて、机の上で指を組んだ。

「加代子さんは自分で飛び降りたわけじゃなかったんだ。爪の間にね、落ちないように、助かろうとするように、もがいた痕跡があった。誤って落ちた可能性もあるけど、不可解な点も多い。でもね、このまま調べていけば、必ず全部明らかになる。どうだろう。なにか話すことはないかい？」

自信のある顔。どこまでも黒い目の奥。被疑者ではないと言いながら、このうえなく私を疑っていて、警察はうそつきだなと思う。

正直に言います、と私は言った。怯《おび》えた表情で、これまで理由があって話せなかったのだという顔をして。

「ホテルで、加代子は楽しんでいませんでした。でもお酒に酔っていたので、抵抗できなかったんだと思います。その、なんていうか、無理やりされていました。犯されるみたいに。力ずくで何度も。私は、そういうのもプレイの一環というか、別にどうでもよかったんですけど、加代子は怒りました。訴えるって。男の子たちも最初は笑っていたんですけど、加代子が寝ちゃってから『やっぱりめんどくさいな』とか言いながら、二人で加代子を抱えて窓から落としたんです」

あとは思いつくままに話した。先にアメとトオルの二人がホテルを出たのも彼らの作戦で、私はずっと脅されていた、と。

適当につくり上げた話にしてはよくできていたと思う。なぜか辻褄《つじつま》がぴったりあった。

刑事が信じたかどうかはわからないし、いずれはばれる。でも後先考えられない私らしいなと思った。ぺらぺらと適当なことを真剣な顔で話すのは楽しかった。

それに、本当に私は加代子を突き落としたりなんかしていない。それは事実なのだ。非はみんなにあって、アメとトオルのせいでもある。たぶん。

警察署を出てすぐにアメの連絡先をブロックした。警察はアメに事実を確認するはずだし、アメは怒るだろう。アメの怒りや不満は聞きたくなかったし、可能なら二度と関わりたくなかった。

そのときちょうど着信があった。知らない番号だった。借金の督促はまだ先のはずだった。加代子のお金で一ヶ月先までジャンプできたから。

電話に出るとこの前面接を受けたコンビニの店長が弱々しい声で、こんにちは、と言った。

いろいろと話していたけど、結局私も宇津木も不採用という話だった。話はそれで終わるはずだったのに、余計なお世話かもしれないけど、と店長は言った。

「誰かに嫌がらせされてないかい？　というのもね、うちのコンビニに何十件と嫌がらせの電話があってね。君と宇津木さんを雇うな、雇えばずっと嫌がらせの電話を続けるって。警察に電話をしてもよかったんだけど、まず本人に確認したほうがいいかと思ってね」

きっとあのとき、先にナムちゃんの店を出た紗代子はまだ近くにいて、私と宇津木がコンビニの面接を受けるのを見ていたのだ。何十件も嫌がらせの電話をするなんてよくやるよ。

大丈夫ですすみませんでした、と言って私は電話を切った。この嫌がらせもアメやトオルに向けばいいのに、と思いながら家に着いた。

家には誰もいなかった。何日も誰も帰っていないような気配と匂いがあった。

私は居間のストーブをつけ、震えながらココアを飲み、ＳＮＳのアカウントをすべて削除した。嫌がらせを受けてまで世の中に発信したいことも承認欲求もなかった。

部屋が暖まるのを待っていたかのようにお母さんが帰ってきた。歯医者と並んで歩いていたままのいやらしい格好で。それを隠すように急いでシャワーを浴びて部屋着になる様子も嫌だった。

お母さんは何事もなかったように私の前に座り、テレビをつける。浮気を問い詰めたい気持ちもあるけど、親を責めることほどブルーなことはない。それに浮気なんて別に勝手にすればいいし、私に関係はない。でもただ気持ち悪くて、私がそれを詰《なじ》りたいだけ。

「お父さん、もうこの家に帰ってこないから」

視線をテレビに向けながら、お母さんは言った。

「なんで？　仕事も辞めたってこの前聞こえたけど。いくとこないんじゃない？」

「さあ。なんとかするんじゃないの」

「私、別にお父さんに出ていってほしいって思ってないよ。みんなで暮らせばいいじゃん」

「お父さんに言えば？」

冷たい言い方だった。まるでお父さんだけが悪いみたいな態度だった。

「お母さんのほうが家出ればよかったんじゃない？　いくとこあるでしょ」

初めて私のほうを見るお母さん。驚きといらだちの混じった表情がある。

「私にどこへいってほしいの？」

「歯医者さんのところとか？」

お母さんは鼻で笑った。慌てた様子もない。

「あんたの想像してるようなことはなにもないわ」

「じゃあなんで一緒にいたの？」

「さあね。お金くれるからかしら」

きもい、と思わず言葉が出る。

「結局そうじゃん。きもい。それならお金もらわず浮気してるほうがマシだよ」

「じゃあお金はどうするの？　あんたの昔の借金はどうやって返したと思ってるの？　お父さんが働いてくれたお金で返したとでも思ってる？　あの人は一銭も出してないわよ」

「わかった。もう代わりに返さなくていいから。頼るつもりもなかったし。自分で返すから」

ははは、と大きな笑い声。

「当たり前でしょう。もうお父さんもお母さんもまったくお金ないわ。仕事もなくなったの、お父さんだけじゃなくて私も。それに、あんたは知らないと思うけど、お父さんにも私にも借金があるの。あんたの借金を返すどころか、明日からどうやって生きていけばいいのかもわからない」

「なんで仕事辞めたの？」

「なんでだと思う？」

少し考えればすぐにわかった。その私の表情を見てお母さんは話した。

お父さんとお母さんの両方の職場に、何度も嫌がらせの電話がかかってきて、仕事に支障をきたしたこと。殺人鬼の親であるというようなビラが毎日職場に届くし、仕事を辞めるまできっと嫌がらせは続くこと。警察に相談してそれが止んだとしても、仕事を続けられる状態ではないこと。

「私のせいなんだね」

お母さんは笑みを浮かべて首を振る。

「仕方ないわ。でもいかにも加代子ちゃん家らしいわよね。あのお母さん暇なのかしら」

「たぶん新しい仕事見つけてもまた嫌がらせされるよ。コンビニの面接受けただけで、まだ働いてもないのに嫌がらせの電話かかってきたから」

すごいわね、とお母さんは感心したように言う。

「もうどうしようもないわね。どうやって生きていくか考えないと」

「いよいよ死ぬしかないんじゃない？」と私は言った。ファッションとしての意味ではなく、手段としての意味で。

「死ぬのはいつだってできるからね。でも家賃も払えなくなるからこの家にも住めなくなるし、あんたも生活する方法考えなさいよ。男はいるの？」

「ねえ、やっぱりそれしかないの？　貧乏でバカでなんの才能もない女は男に媚《こ》びるしかないの？」

お母さんは私をバカにしたように笑う。

「それのなにが嫌なのよ。あれかしら、女が下に見られるのが嫌、女を敬え、みたいなこと？　最近の女の人たちってよくあんなみっともないこと言えるわよね。そう思わない？　どの口で女の権利を主張してんのよと思うわ。男にご飯代を多めに払ってもらいたいし、家に出たゴキブリは男に処理してもらいたいし、車の運転は男に任せて助手席に座りたい。そんな女ほど言うのよ、女はつらいだの男に搾取されてるだの。お互い利用すればいいだけじゃないの。あんたも、自分でなんとかできるなら頑張ればいいけど、バカなフェミニストになるくらいなら男を利用する方法を考えなさい。体売らなくてもなんとでもなるから。女の強さは男と同じ土俵で発揮するものじゃないのよ」

十代で親と縁を切って女として生きてきたお母さんの言葉には迫力があった。

でも、と私はこれまでずっと不思議だったことを尋ねる。

「じゃあなんでお父さんなの？　もっといい人いたんじゃない？　言っちゃあれだけど、利用できなくない？」

「確かにそうね。なんでかしら」

「愛、じゃない？」

私はわざとらしくあごに手を当ててそう言った。

「愛、なのかね」

お母さんも同じ仕草をした。

私とお母さんは見つめ合って、そして大笑いした。

「お母さんってお父さんのこと愛してんの？　ラブなの？　その歳で？」

「そんなわけないでしょ。稼ぎもないし勝手に家出ていくし」

「お父さんのどこがいいの？　やっぱ顔？」

「顔と関西弁？」

私たちはさらに笑った。久しぶりにお母さんと楽しい会話をした。ずっとこういう感じで仲良くできていればよかったなと思う。簡単なことのはずなのに、これまでずっと難しかった。

ひとしきり笑ったあと、お母さんは隣の部屋からカバンをとってきた。今日もっていた小さい黒のカバン。そこから財布を出して三万円を私の前に置いた。

「少ないけど、今はこれしかないの。生きられるだけ生きて」

三万円では利息の返済だけで終わってしまうことはお母さんもきっとわかっている。

「もう会うことはないのかな」

お母さんは首を振る。

「そんなことないわよ。いつだって会える」

「お父さんにも?」

「さあね。連絡してみたら?」

優しい声だった。お母さんはもうお父さんと会う気はないんだろう。

ずっと先になるかもだけどさ、と私は言った。声が震えた。

「またいつか三人で、一緒にごはん、食べれるかな」

お母さんは悲しそうに微笑んだ。イエスもノーも言わずに。

その顔を見ているとこみ上げるものがあった。私は三万円をつかみ、じゃあね、と言って席を立った。

その私の背中に向かって、生きてね、とお母さんは言った。

「お母さんより、長く、生きてね。ごめんね」

私はなにも言わずに部屋に入り、泣きながらでかける準備をした。居間からお母さんのすすり泣く声が聞こえてきた。

8

男を利用するといってもよくわからない。いや、わかるけど、セックスをお金に換えたくなかった。なぜかはわからない。お母さんの話を聞いたからかもしれない。体を売らずに女として勝負しよう、と思った。

それに、慣れれば大丈夫なのかもしれないけど、セックス中にお金のことが頭に浮かぶのは怖い。ただでさえセックスで心を腐敗させているのに、思考まで暗黒に染めたくない。私はずっとまぬけでありたい。

とはいえ、とりあえずは住む家を確保しないといけない。家賃を払えなくなってあの家に住めなくなってからでは遅い。

ナムちゃんの顔がちらりと浮かぶ。彼女を裏切っていなければ、きっと快く家に泊めてくれただろう。アメとセックスをしなければ。あの不毛なセックスさえなければ。

でももう遅い。過去は変えられない。

私は真っ暗な公園で、凍えながらマッチングアプリをした。一人暮らしの男にしぼり、誠実で優しそうな人を探した。今までのどんなときより真剣にイイネをタップしていく。頼む、私と一緒に住んでくれ。可能なら交際して結婚して私をまともな人生のレールに引き戻してくれ。頼む。そんな大きすぎる野望を抱きながら。

イイネがたくさんついている人気の男はきっとすぐには落ちない。居酒屋で一杯やったらバイバイとなるだろう。時間もお金も惜しい。

だから私はマッチングアプリ初心者にしぼる。優しそうで部屋がきれいそうな人。欲を言えば体毛が薄くて細身でそこそこイケメンで髪は長くてバンドマンぽくて……。

イイネを押す手を止める。違う。今日はバンドマンとセックスするのではない。住む家を見つけなければならないのだ。

数人とチャットでやりとりし、なんとか理想的な男と今から会うことになった。彼の家は電車で二十分の距離で、彼が私の最寄り駅まできてくれることになった。本当は彼の最寄り駅までいきたかったけれど、あまりがつがつすると怪しまれるかもしれないと考えた。

現れた男は写真のとおり、サラサラヘアで清潔感があった。「ごちそうするから安い店でもいい?」とはにかんだように言うのもすごくよかった。話もおもしろくていい男だったけど、気がかりなのは実は彼女がいるのではないかということだった。彼女がいる男の家に私が住むことはできない。残念なことにマッチングアプリをしているいい男には、必ずと言っていいほど彼女がいる。「彼女?いないいないない」と笑ってうそをつく。

でもお酒に酔ってきたこともあって、まあいいか、と思った。今日ホテルで横に寝てくれる人がいるならいいか。住む家が見つからなくても。そう思いながらトイレに立ち、用を足して席に戻ると男はいなくなっていた。彼もトイレにいったのかと思い待ったけど、戻ってこなかった。

　私はおそるおそる自分のカバンから財布を出した。カード類は盗まれていないことと、お母さんがくれた三万円がなくなっていることを確認した。

　今じゃなくていいよね、この不運。住む家を見つけたいという私の動機は不純だけど、もっと悪いやつがいるとは思わなかった。マッチングアプリで人のお金盗むやつなんている？

　当然男のアカウントは削除されていた。運営に言えばもしかしたら男を特定してくれるかもしれない。男がちゃんと自分の免許証でアカウントを作成していたならば。でももう面倒だった。イッツマイライフだと思った。もう死ぬときがきたのだ。それを先延ばしにする理由はない。こんなにもわかりやすく死期が示されると思わなかった。目の前にはっきりと地獄への道が開かれた。

　私は酔いと憂鬱でふらふらしながらレジまで歩き、クレジットカードを出した。会計がいくらであっても大丈夫だ。もう返済のことは考えなくていい。死ぬのだから。

「お客様、申し訳ありません。当店は現金のみになっておりまして……」

　目の前のレジを、この店を、地球を破壊してやろうかと思った。気が狂いそうになった。

　どいつもこいつもわけのわからないことばっかりしやがって。私は死ぬんだよ。今から。死ぬの。わかる？　現金はないの。あったら死なないから。わかる？　マジでなんなんだよ。私が悪いんだよ全部、わかってるよ。でもみんなもちょっとずつ悪いだろ。私だけが悪いわけじゃないだろ。でももう終わりなんだよ、死ぬんだよ。明日なんてこないんだよ。ちゃんと聞いてる？　だから現金はないの！　え？　はい、ちょっと待って、すみません。電話してもいいですか？　すみませんでした、大丈夫なんで。すぐ電話します。

宇津木がすぐに店にきて、お金を払ってくれた。お礼を言う前に「今日はなんでストーカーしてくれなかったの」と責めるように言った。やっぱり私はすぐに地獄に落ちるべきだった。

寒すぎる夜道を宇津木の家に向かって歩く。雪が降っている。でも積もるほどではない。ただひたすらに体を冷やすやっかいな雪。

ふらふら歩く私を車道に出ないように宇津木は導く。無言で。私の体に触れることなく。そのせいで何度も宇津木は車道の真ん中までいくことになり、車にクラクションを鳴らされる。

死んでも頼らないつもりだった、と私は前を見たまま大声で言った。

「宇津木を頼るくらいなら死のうと思ってた」

「どうして」

後ろから聞こえる宇津木の低い声には安心感があった。

「絶対に頼りになるから。宇津木は絶対どうにかしてくれるから」

「じゃあ、頼ればいい」

どうしてなの？　と振り返って宇津木に訊く。

「どうしてなにも求めないの？　私に関わってなんの意味があるの？　もしさ、もし額面どおり、宇津木が私のこと猛烈に好きだとして、だからストーカーをしてるとするよね。そしたらセックスしたくない？　したいよね？　セックスするために行動するよね？　普通。なんでしないの？　なんでストーカーしてちょっとわけのわからない話をするだけなの？　目的はなに？」

宇津木はなにかを考えるように夜空を見る。もしかしたら雪を見て、この冬いちばんの寒波が更新されることを考えているのかもしれない。

「わからない」

結局その一言だけで、はあ？　と私は怒ったように言った。突然呼びつけて他の男とのごはん代を支払わせたことを全部忘れて。

「考えてよ。なに？　理由も目的もないのに私を守ってくれようとしてるの？　ありえないでしょ？　無償の愛なんて親との間でさえないよ。少なくとも私にはなかった。無償の愛なんてどこにもなかった。それなのにあんたは無償で私を好きで守りたいなんて思ってるわけ？　借金まみれのメンヘラくそビッチの私を？　どう考えてもおかしいでしょ。少なくともセックスは求めてよ。セックスを見返りにしてよ」

人通りのそこそこある道で、何度もセックスという言葉を叫ぶことに抵抗はなかった。なぜならみんなセックスが好きなはずだからね。

でも「セックスは、」と話し始めた宇津木はどう見ても照れていて、私まで顔が赤くなる。

「セ、セセックスは、別に、したいよ。したい。でも、重要じゃない。最悪しなくてもいい。これが無償の愛というなら、そうなのかもしれない。借金も、返してあげられないし、僕にできることなんて、ほとんどないが」

好きというのはそれほど大きい感情なんだろうかと不思議に思う。私はすぐ男を好きになるけど、翌日には顔も名前も忘れている。宇津木の七年間の思いというのはどれほどのものなんだろうと考えてみても、私にわかるはずはなかった。

「じゃあさ、一緒に死んでよ。私と。もう死のう？」

いいよ、と宇津木は言う。

「君が望むなら、かまわない」

「うそ。宇津木だけ死んで。保険金かけて。私を受取人にして。お願い」

「いいよ」

よくねえよ！　と私は叫ぶ。

「いいわけないだろ。考えろよバカ。なんで私のためにあんたが死ぬのよ。いいわけないでしょバカ。冗談でもやめてよ。あんたが言うと冗談に聞こえないから」

私は疲れて花壇のへりに腰掛けた。宇津木はその場に立ったまま空を見上げている。星を数えているのかもしれない。この曇天の中、常人には見えない星を。

私はため息をついて、告白は？　と訊く。

「なんで告白しないの。七年も。付き合って下さい、くらい言えたんじゃない？　というかそれがいちばん普通でいいでしょ」

実ったと思うか？　と彼は言った。

「き、君に振られてからの、この七年、どこかのタイミングで僕が告白していたら、実っていたと思うか」

「実ってなかったと思う。きもいって言って拒絶してたかも」

「そうだろう。だから、遠くから見るしかなかった。それでよかった。でもきっと、いつかタイミングはくる。そう思っていた」

今じゃない？　と私は立ち上がって宇津木と向かい合う。

「今告白してよ。当然オーケーするから。それだけじゃないよ、なんでもする。宇津木の喜ぶことはなんでもしてあげる」

じゃあ、と言って宇津木が私をまっすぐ見つめる。背が高い。大きな体。細身じゃないしバンドマンぽさはどこにもない。ぼんやりした顔に緊張が浮かんでいる。

私の人生でこうしてちゃんと告白されるようなことはあったろうか。たぶんない。なんとなくキスしてホテルにいって付き合ったつもりだったのに付き合ってなかった、みたいなことばかり。

宇津木は手を差し出した。握手を求めるように。そして言った。

「け、けけけ結婚は、ど、どうどうだろう」

「なに？　なんて？」

宇津木は手を下げ、首を振って、なんでもない、と言った。

なんでもないわけないだろ、と私は彼の頬を軽く叩く。

「結婚したいの？　私と？　バカなの？」

「決めていた。最初に、好きになって付き合った人と、結婚すると。だから、結婚をしよう」

私は笑った。でかい図体で小学生みたいなことを言うなよ。

「考えとく」と言って私は宇津木に背を向け歩き出した。まいったな、と言いながら宇津木は私の後ろをついてきた。

控えめに言って、嬉しかった。宇津木と結婚なんて現実的じゃないし、するわけはないけど、それでも嬉しかった。

宇津木がいなければ、今日死んでいたかもしれないな、と思う。宇津木がきてくれなければ、店から走って逃げて、そのままどこかのファミリータイプのマンションの階段を駆け上がって、嫌がらせみたいに飛び降りていたかもしれない。

いつも見てきた、と後ろから宇津木の声がした。独り言みたいに小さな声。

「いいときも、悪いときも、いつも君を見てきた。君は、頑張って、生きてきた。僕はそれを知っている」

私は振り向かなかった。酔っていたからだと思うけど、泣いていた。なぜか涙が溢れて止まらなくて、こんな顔は絶対宇津木に見せてやるもんかと思った。


その日初めて宇津木とセックスをした。宇津木の住む古いアパートの布団の中で。なんでもないセックスだった。下手だし私がイクことはないし、何千回のうちの一回だった。ただ温かかった。この男の人生をかけたセックスを受けていると思うと不思議な気持ちになった。

行為が終わると、宇津木は床に膝をつき、ベッドに座る私と向かい合った。

「明日、ご両親に挨拶に、いく」

彼の真剣な顔に思わず笑ってしまう。

「別に挨拶なんてしなくていいよ。もう家族もいないようなもんだから」

私は説明した。加代子の家族からの嫌がらせにより、家族全員が職を失い、家賃も払えなくなるからもうすぐ家もなくなること。家族は離散し、それぞれで生きていくこと。もう、家族じゃなくなること。

「もともと仲は良くないし、たいした話じゃないんだけどね」

宇津木はそれでも両親に会いたいと言った。だから私は「結婚する。挨拶したいらしい」と両親に連絡し、明日の夕方五時にあの古びた実家に集まることになった。ついさっきまでもう家族三人が集まることはないと思っていたのに、こんなにも早く集合することになるとは思わなかった。結婚はしないだろうけど、まあ明日くらいは宇津木の好きにさせてあげよう。


眠る前に布団の中で、出会ったころの話をした。

宇津木は教室で矢沢あいの漫画を読んでいた。嫌われ者が休み時間にもくもくと少女漫画を読んでいるのは奇妙だった。でも矢沢あいの漫画は私の人生のバイブルだったし、私たちには友達がいなかったから、私が宇津木に声をかけるのは運命みたいなものだった。宇津木は「全漫画のセリフを暗記するくらい読んだ」と言っていたけど、お坊さんが聖書を熟読するくらいの違和感はあった。

「でも不思議だよね。あのとき声をかけなきゃこうなってなかったわけだもんね。宇津木も私に関わらなかったらもっと幸せな人生だったかも」

「これは、僕が望んだことだ。なにもかもが、うまくいった。偶然なんかじゃない」

「天使なんかじゃない、みたいに言わないで。ねぇ、いつから矢沢あいが好きなの？少女漫画はよく読む？」

「いや、漫画なんてほとんど読まない。君が、矢沢あいが好きだと知って、わざわざ教室で読んでいた。仲良くなりたくて」

意外な話だった。宇津木が最初から私に関心があったなんて、ちょっとくすぐったかった。

「僕は、君を一目見たときから、す、す好きだった。でも僕なんかから声をかけられて嬉しい人間はいない。僕は、いろんなことがうまくない。だから近づく方法を考えた」

「それで矢沢あいの漫画を読んでいれば私が声をかけるかもしれないと思ったの？可能性低すぎない？」

「だから、君が近くにいるときにだけ読んだ。わざとだよ？」

私は笑った。幸子のかわいさからは永遠くらい遠かった。

それからは宇津木のこれまでのことを訊いた。以前に聞いた気もするけど、ほとんど覚えていなかった。

宇津木の実家は船で二十分の島にあり、高校のころからここで一人暮らしをしていた。この八畳和室のおんぼろアパートで。島にある実家も相当貧乏で、近所の猫を世話するので精一杯だから自分が家を出た、とわけのわからないことを言った。

高校卒業後は近所の大型福祉施設で深夜の警備員として働き、昼は働いたり働かなかったり。ずっと私のことを調べて追いかけることが日課で、それ以外に特に趣味はない。私以外と交際したことはなく、当然セックスもしたことがなかった。最近ストーカー行為を再開してからは、どんどん私と距離が縮まって、宇津木自身も驚いている。

「でもまったく嬉しそうじゃないよね？　釣った魚に餌はあげないタイプ？」

「そんなことはない。そもそもまだプロポーズの返事、もらっていない」

まだ決めかねてる、と私はかわいく言って、宇津木の厚い胸にしがみついて眠った。

目を覚ますと宇津木が台所で朝ごはんをつくっていた。昨日のセックスの余韻をだらだら楽しむつもりはないようだった。

ちゃぶ台でトーストとベーコンエッグを無言で食べているとき「あれ？　昨日ってセックスしなかったんだっけ」と私が訊くと「いや、たぶんしたと思う」と彼は言った。たぶん？

彼の唯一持っている黒いスーツは日焼けしていたし、革靴はかかとがすり減ってほこりまみれだった。だから普段着でいいと言ったのに、宇津木はスーツにこだわった。アパートを出て、近所のスーパーに売っているいちばんいいワインを買い、実家に向かった。

五時前に着いたのにお父さんもお母さんも家にいた。家は信じられないくらいきれいに片付いていて笑った。家族らしいことなんてこれまで一度もなかったのに、娘の結婚相手の挨拶は世間並みにしようとしているのがおかしかった。

「お母さん今日は誰とデートなの？」

きちんと化粧をしているお母さんにそう言うと「今日はその冗談はやめなさい」と真剣な顔で言った。

「お父さんはさ、もうちょっといい服着ようよ」

「なんでや。これかっこええやろ」

今日ユニクロで買った新品のグレーのスウェットだと聞いて、私は声を出して笑った。

狭い居間で四人掛けテーブルにきっちり四人座り、重い空気の中、宇津木が話そうとしたタイミングで、あかんわ、とお父さんが言った。

「俺こういうのあかんねん。酒飲もか、君は酒は飲めるんか？」

「は、はい。あ、わ、わワインを買ってきまして」

五千円のワインを受け取ると、お父さんは隣のお母さんのほうを見て立ち上がった。

「ワインいうたら、パーティか、パーティやな？　お母さん、パーティや。せやろ？」

「ちょっとよくわからないけどじっと座っててもらえる？」

「とりあえず乾杯や。な？　美帆、ワイングラスとつまみ用意してくれ」

「うちにワイングラスもつまみもないよ。えらそうにしないでくれる？」

これや、と席に座り直し、私を指して宇津木に話しかける。

「こんなんと結婚していいんか君は。わしはあかんと思うよ。自慢やないけどね、どうしようもない娘よ。借金もな」

お父さん！　と叫んだのはお母さんだった。そして宇津木に弁解するように言う。

「こういう父親なのよ。娘の大事な人の前で余計なことばっかり。余計なことしかしないのよ」

「だ、だ大丈夫です、全部、知っているので。だから、結婚を」

ええよ！　とお父さんは大声で言った。

「どうぞ結婚してください。ほな飲もうか、君は酒飲めるんか？」

「飲めるってさっき言ってたでしょ」

それからは照れや気まずさを隠すように、四人でがぶがぶお酒を飲んだ。五千円のワインは十五分でなくなったし、家にあるお酒は片っ端から飲んでいった。飲めば飲むほど笑い声は増え、誰もがよく話した。

お父さんは酔いが回ると加代子の家の悪口を言った。関西弁で信じられないくらい汚い言葉で。それを受けて、お母さんに火がついた。加代子の母親がどれだけ卑しく性根が腐っているかということをエピソードを交えて話した。

絶対娘の結婚相手の前でする話ではなかった。でも楽しかった。不謹慎だけど、楽しかった。

なんだか普通の家族だった。貧乏だけど小さな幸せを大事にするような、これからも末永く仲良しであるような。

両親ともに宇津木を気に入ったようで、お父さんは「毎日でも遊びにこいや」なんて言っているけど、この家はもうすぐ私たちの家ではなくなるし、私たちは離散する。でも今日はそんなことを忘れて飲むべきだった。地獄まで落ちてようやく見つけた家族の風景だから。

楽しかった。最後に家族の思い出ができた。死に際の走馬灯にはこのシーンだけでいい。私が消えてなくなるその瞬間までこのシーンをリピートしてくれたらいい。

お父さんの呂律《ろれつ》が回らなくなり、逆に宇津木の吃りが緩和したとき、ナムちゃんから着信があった。もうダメかも、とナムちゃんは言った。

9

私は電話を切ると「すぐ戻ってくる」と宇津木に告げ、上着も着ずに走ってナムちゃん家をめざした。酔いと熱い友情で寒さを感じなかった。

電話口のナムちゃんは泣いていて、なにを言っているのかわからなかった。とにかく取り乱していた。

いかなきゃと思った。初めてできた友達だ。アメとのこと、正直に話そう。許してもらえないかもしれないけれど、それでも謝り続けてもう一度友達になってもらおう。「死んでもずっと仲良しの友達でいてくれない？」と私が言ったとき「私でよければ」と微笑んでくれた。だから死ぬ前にちゃんと謝りたい。宇津木と結婚するなんて現実的じゃないし家族団らんも今日限りだし、きっと早々に私は死ぬ。だからその前にナムちゃんと仲直りして、死んでから地獄で一緒に人生ゲームをしたい。負債のマスしかない人生ゲームを笑ってクリアしたい。もしナムちゃんが天国にいっちゃったら、毎日テレビ電話をしたい。地獄で受ける過酷な懲罰への愚痴を聞いてほしい。

人はいずれ過ちを犯す。私は過ちを犯しまくる。でも頑張りたいし、ちゃんとしたいし、真面目に生きたい。なにより、大切な人を大切にしたい。そう思って走った。

マンションに着き、五階まで駆け上がってドアを開けると、暗い部屋でナムちゃんがすすり泣いていた。

私は駆け寄って抱きしめた。アルコールをたっぷり含んだ呼気で、ぜえぜえ言いながら。酔っ払ったまま五階まで駆け上がるのはなかなかきつい。

とりあえず私は部屋の電気をつけ、冷蔵庫を勝手に開けて私とナムちゃんの分のお茶を注いだ。

ナムちゃんは机に伏せるように背を曲げながら、らしくない弱い声でアメとの関係がよくないということを話してくれた。

私は真剣に聞いた。真剣に話を聞いて思ったことは、よくある別れが近い男女の悩みだ、ということだった。というのもナムちゃんは具体的なできごとは話さず、なにかを隠すようにして、アメの心が離れているという感覚的な話をするからだった。

私はてっきりアメとの旅行のことをナムちゃんが知り、悲しみの中で私を呼んだのかと思っていた。でもそうではなさそうだった。ナムちゃんはたぶん旅行のことは知らない。

「あんたはあいつのどこが好きだったの？」

涙が落ち着いたときにナムちゃんがそう言った。責める口調ではなく、ガールズトーク的な調子で。

「えー、わかんない」

「わかんないのにセックスしないでよ。答えて」

つくった笑顔でそう言われても、アメのどこが好きかなんてなにも思い浮かばなかった。だって好きじゃないし。アメのどこを好きになればいいの？

「ロン毛、とか？」

冗談で言ったつもりはなかったけど、ナムちゃんは笑った。

「私はね、全部。なにもかもが好き」

ナムちゃんは私が想像するよりずっと強くアメを愛していた。浮気をされてもいいけど、末永く一緒に生きていきたいと思っていた。それが叶いそうになくて泣いていた。

絶対ナムちゃんにはもっといい人がいるし、アメなんて早く捨てたほうがいいけど、そんなことは言えなかった。人の愛に口出しできるほど私はえらくない。

「連絡とれなくなったんだ。電話もメッセージも全部無視。こんなことって今までなかったから……。あいつと会ったりしてる？」

ナムちゃんごめん、と言って私は全部正直に話した。アメとの旅行前後の話だけどゃなく、加代子の家からの嫌がらせのせいで家族が破綻したことや、両親にとって娘の私は邪魔な存在でしかないということも話した。言い訳がましいとは思いつつ、ナムちゃんに許してもらいたくて、当時は死にたい気持ちでいっぱいだったということを必死に。

でもさ、とナムちゃんはこれまででいちばん冷たい目をした。

「それってあいつと旅行にいったこととなんにも関係ないよね？　旅行にいったら死にたくなくなったの？　ハッピーになったわけ？」

ううん、と私は慌てて答える。

「全然。余計死にたくなっちゃった。最悪だった」

「それを聞いて私は、ごめんねうちの彼氏がどうしようもなくて、美帆ちゃんを悲しくさせたよね、って言わなきゃいけない？」

「そんなつもりじゃなくて、」

「そもそもさ、どうしてその話を私にしたの？　言う必要あった？　罪悪感から解放されたくて正直に告白してすっきりしてるだけじゃない？　私の気持ち考えたことある？」

もっともな話だった。私はあほうだった。底抜けにあほうだった。

ナムちゃんは泣いていた。ごめんなさい、と私は言ったけど泣けなかった。悲しさよりも自分の浅はかさに絶望した。

「死にたいなんて、みんな思ってるよ。あんただけじゃない。みんな生きていくのはつらい。それでも真面目に、ちゃんと生きてるのに、どうしてあんただけ人の男と旅行いって楽しんでいいの？」

私はなにも言えずにうつむいた。ナムちゃんは小さな声で、四年だった、とつぶやくように続ける。

「その日、あんたとあいつが旅行にいった日、付き合って四年になる日だった。それなのにいくら連絡しても通じなくて、なんかあったのかもしれないって心配してたら、あんたと旅行にいってた。そんな悲しいことってある？」

「ごめんなさい」

「でもひとつだけよかったことは、連絡がとれるってことだね、あんた経由で。あいつと急ぎで連絡を取りたいの。電話してもらえる？」

「え、もうブロックしたよ、旅行から帰ってきてすぐ」

「解除してよ。言いたいことがあるの」

もしアメに警察が接触していたら、電話口で文句を言われるだろうけど、ナムちゃんの真剣な顔を見ると電話をしないわけにはいかなかった。

ブロックを解除し、通話ボタンを押すとすぐにアメに繋がる。

「久しぶりだね。もしかして携帯代払えなくて止められてた？　そうでしょ？　ずっと繋がらなかったし。結局借金って全部でいくらあんの？　なかなか大変だね」

スピーカーにしてナムちゃんにも通話の内容が聞こえるようにしていたから、アメの陽気な声が部屋に響いた。

どうやらまだ警察はアメと接触していないようで、旅行楽しかったねまたいこうよ、などという絶対ナムちゃんに聞いてほしくないことを平気で言った。ナムちゃんは言いたいことがあると言ったのに口を開かなかった。

「ねえアメ、ナムちゃんがさ、話したいことがあるって。だからさ、」

私の言葉をさえぎるように、いやいいよ、とアメは言った。

「どうせ文句だから。連絡返せとかさ。疲れるんだよな。もういいよ」

「違うと思うよ、たぶんちゃんと言いたいことがあるんだと思う。ね？」

ナムちゃんにアメと話すように促したけど、彼女は黙って首を振る。

「じゃあもしあいつに会ったらさ、別れよう、って伝えといてくんない？　荷物はまた取りにいくって」

「それひどくない？　アメはナムちゃんのこと好きじゃん。愛してるし結婚するつもりなんでしょ？」

「いやあ、無理だね。男と女がダメになるときってさ、浮気とかお金とかはっきり原因があれば逆になんとかなると思うんだよ。でもさ、なんとなくもう無理だな離れたいな、って思っちゃうとさ、もう無理じゃない？　こんな気持ちでどうやって一緒に生活すんのって感じじゃん。だからもう別れたいんだ。好きとか愛とかもう全然なくなっちゃってさ。美帆ちゃんも感覚で生きてる人だし、なんとなくわかるでしょ？」

「全然わかんない。ねえ、ちゃんとナムちゃんと話してよ。話してみないとわかんないでしょ。勝手すぎる」

アメは、美帆ちゃんに言われたくないな、と笑う。

「美帆ちゃんほど勝手な人はいないから。でもそこがいいんだよ。今度いつ会う？今からうちくる？」

「いかないし、もう会いたくない」

「そんな悲しいこと言わないでよ。美帆ちゃんとのえっち最高だからな。あんなえろいのマジで初めてだった。俺がずっと寝転んでるだけで全部やってくれるもん。最高だったよ」

私は急いで通話を切った。急いで切ったはずだけど、間に合っていなかった。全然間に合っていない。彼氏の浮気相手である私のセックスが積極的だったなんて、ナムちゃんは絶対知りたくなかっただろう。私だって積極的に腰を振る私の姿をナムちゃんに想像してもらいたくなかった。

ナムちゃんの顔を見ることができずに私は手元のスマホを見た。アメから折り返しの電話がかかってくるのを恐れて急いでブロックをした。それからなぜかわからないけど天気予報を見たりした。これからしばらくは寒さが緩み、春みたいな気候になるようだった。

あとはもうすることがなかった。うつむいたままナムちゃんが話し始めるのを待った。

ほんとはさ、とナムちゃんがつぶやくように言ったとき、宇津木から着信があった。電話に出るつもりはなかったのに、間違えて応答のボタンを押してしまった。スピーカーに切り替えていなくても静かな部屋にその声は響いた。宇津木が大声で話していたせいもある。

「大変だ……、ごめん、やってしまった……」

宇津木は走りながら電話をかけているようで、雑音がひどい。

「なに？　ちょっとよくわからないけどあとでかける」

「い、急いできてくれないか……、僕のせいだ……。お父さんとお母さんが……、ダメだ……ああ……」

そうして電話は切れた。ナムちゃんは目を細めて私を見ている。

ダメだ？　お父さんとお母さんが？

頭がうまく働かないけど、たぶんお父さんとお母さんになにかがあったんだろう。あの宇津木が狼狽するほどのことが。いつもぼんやりしているあいつが大慌てすることが。

いったいなに？　え、うそ。もしかして死ぬの？　え、死んだ？　もう？　私を置いて？　ないない。今日はないよ。今日は楽しかったじゃん。ちょっとやめてよ。お父さんお母さん。ちょっと待ってよ。

私は立ち上がり「ナムちゃん、絶対戻ってくるから待ってて！　ほんとごめん」と言ってナムちゃんの返事も待たずに家を飛び出した。

＊

もしお父さんとお母さんが死んだら、お葬式なんてもちろんできないけど、なんにもしなくてもお金はかかるのかどうか、それが気がかりだった。家に向かって走りながら考えることは、そうした現実的なことだった。

役所に電話すれば全部やってくれるのだろうか。手数料とかはかかるのだろうか。手数料？　死ぬことに手数料がかかるの？　そんなわけないか。私たちなんて生きてるほうが世の中にお手数をおかけしちゃってるんだから。

きっとお金がなくても私の知らないシステマチックな方法で、お父さんとお母さんは病院から火葬場まで滞りなく運ばれていくのだろう。箱詰めのバイトと同じだ。作業に携わる人たちは、面倒くさいなとか仕事が終わればデートだとかいろいろなことを考えながら、マニュアルどおり遺体を次の工程へ運ぶ。お父さんとお母さんを最終的に焼いて骨にすることが彼らの労働で、その対価としてお金を受け取って生活をする。そう考えれば両親が死ぬことも意味があるのかもしれない。

だからなに？　おそらく緊急事態が起こっているのに、こんなどうでもいいことを考えるなんてどうかしている。

ようやく家に着いたのに、電気がついていなかった。

家に入ろうとしたときに、私がきたほうと逆の道から宇津木が走ってきた。うまく言葉が出ないくらいに息を切らせて。

すぐに私の手を握ると「きて」と言って宇津木はまた今きた道を走り出す。私も急がなければお父さんとお母さんが灰になってしまうような気がして、そんなわけはないのに必死で走る。宇津木の顔にはそれくらいの緊迫感があった。

走った距離はそれほど長くなかった。よく知った家の前で宇津木は立ち止まった。加代子の家だった。

加代子の家も電気はついておらず、真っ暗だった。

宇津木は息を整えて話し始める。

「今日、加代子の家には、誰もいない。誰も帰ってこない。君のお母さんが知っていた。は、は歯医者から聞いたと言っていた」

宇津木がなにを私に伝えようとしているのか、まるでわからなかった。どういうこと?

「歯医者は、加代子の母親の不倫相手で、君のお母さんはそれを知っていた。お母さんとしては、加代子の家族が、どんな動きをして今後どんな嫌がらせをしてくるか、知ろうと思った。ついでに、歯医者からお金をもらえたらラッキーと考えて。でも君のお母さんは、不倫はしていない。それははっきりと言った。お父さんも、たぶん嬉しかったと思う。か、か顔に書いてあった」

情報が多くて私の脳では処理できそうになかった。とりあえず歯医者はいい歳をしているくせにお盛んだった。あとお父さんが安心して嬉しそうな顔をしているのが宇津木にばれていて、私が恥ずかしかった。

「嫌がらせも、全部加代子の家族がやったことだ。その裏もとれた。だから今から起こることも、ある意味正当なものだから、安心してほしい。でも、許されることじゃない。ご両親が動き出したとき、もうダメだと思った。僕がそそのかしたようなものだったから。でも最後は僕も、覚悟を決めた。家族の一員として」

「ねぇ、ずっとなんの話をしてるの？　お父さんとお母さんは？」

おーい、と遠くのほうからお父さんの声がした。

「もうええか？」

大丈夫でぇす！　と宇津木が叫ぶように言う。

「これが、家族の選択だ。よく見てて」

ドゴン、バリンと大きな音が鳴った。静かな夜の住宅街には信じられないくらいの大きさで響いた。家が壊れ、窓が割れる音。

「これから、全部の窓を、割る。家を燃やしたいとご両親は言ったけど、確か放火は罪が重いから、ばれたときのことを考えて窓を割ることにした」

まるで夕食のメニューを決めた経緯を説明するように宇津木は言った。

家の裏側の窓から割っているお父さんは、尾崎豊の『卒業』を大声で歌っている。お母さんはうまく窓が割れないのか、もう！　と怒ったような声を出す。

「みんないかれちゃったの？」

「酒に酔ってはいる。でもいかれてるのは、加代子の家のほうだ。なんで俺が我慢せなあかんねん、とお父さんは言った。お母さんも、我慢はあの世にいってからしましょう、と」

「やっぱバカだよね、お父さんもお母さんも。加代子ん家お金持ちだし痛くもかゆくもないのに」

「そうだな。僕らは警察に捕まるのに」

「うん。でもやっぱ私はお父さんとお母さんの子どもでよかったかも」

お父さんまだその窓割れてないわよ！　とお母さんが叫んでいる。

そこ届けへんのや、とお父さんも怒鳴り返す。

「ジャンプしても無理やったんや。もうそこはええわ」

「よくないわよ、全部割るのよ。そこのブロック塀に上ったら届くでしょ」

「あんな高い塀に上れるわけないやろ、腰いわすわ。あとで宇津木くんにやってもらお。あいつ背高いからいけるやろ」

「後でやりまぁす！」と姿の見えない父に向かって宇津木は叫び、私は笑った。

静かにやれよ、と思った。人に見られたら困るようなことをしているのに、連携するな。人の家の窓を叩き割っているのに、声をかけあって協力するな。

「僕らは、これだ」

そう言って宇津木は大きな黒いレクサスを指す。

「こんなにぼこぼこにしたくなるような車も珍しいね」

「そうだろ？」

宇津木は大きなトンカチを私に渡そうとする。私はそれを受け取る前に、先に言わなきゃいけないことがある、と言った。

「今まで隠してた。こうなる前に言えばよかった」

宇津木は穏やかな顔で私が話すのを待っている。

言いたくなかった。誰にも言いたくなかったけど、宇津木には特に言いたくなかった。幻滅されるのが怖かった。宇津木に幻滅されたら、私を肯定してくれる人がこの世にいなくなる。

「なに？　早くしないと、警察がくる。きっと近所の人がもう通報してるだろうから」

加代子殺しちゃった、と私は言った。

「私が殺したようなもんなの。あの日、加代子は酔って気持ち悪いって言いながら、窓から外を見てただけなの。小さいイスの上に立って、身を乗り出すようにして。『美帆ってえっちのときあんな感じなんだね』とか言いながら。そしたらなんか急に加代子のお腹の肉とかこれまでのいろんなことを思い出して、どうしようもない気持ちになっちゃって、それで、イスを蹴ったの。加代子が立ってたイスを。落とすつもりとかはなくて、でもわかんない、なにも考えてない。蹴ったの、強く。そしたら加代子が落ちちゃって、それで……」

　そうか、と宇津木は言った。驚いた顔はしていない。

「僕は、君が突き落としたのかと思っていた。あの日、外から見ていたから。加代子が落ちて、君が泣きながら、ホテルから出てきて。でも突き落としたんじゃないなら、よかった。話はそれだけか？　とりあえず急いでやろう。これは、ぼこぼこになるために生産された高級車だ」

「待って。先にお父さんとお母さんにも言いたい。こうなったのも全部私のせいだから。ほんとはもっと前にちゃんと言わなきゃいけなかった」

　大丈夫だ、と宇津木は力強く言った。

「お父さんにもお母さんにも、僕から話した。君が加代子を突き落とした、と。だからこれが終わったら、訂正しなきゃいけない。故意じゃなかった、というのは大きなことだ」

「うん？　両親は、私が加代子を殺したと思ってるの？」

「ああ」

「今も？」

「そうだ。そのうえで、今すべての窓を叩き割っている」

　私は驚いた。というか理解ができなかった。

　娘が殺人を犯したと聞いたときに親がすべきことは、警察への通報以外にない。娘への愛情に欠けた両親だけど、最低限の良識はあるはずだ。それなのに今、人の家の窓を叩き割っている。私が殺したであろう人の家の窓を。

私の表情を見て、宇津木はお父さんの口調をまねて言った。

「『関係あるかい！　どんなことしてたとしても、うちの娘がいちばんかわいいんじゃ。うちの娘を、美帆を困らせるようなことするやつは許さんぞ。誰がなんと言おうが、俺のかわいい娘なんや。俺はなにがあっても美帆の味方や。せやろ？』」

宇津木のものまねはなかなか似ていた。酔って熱くなったお父さんが言いそうなことだった。

ちょっとぐっときた。涙が目に溜まって腹が立つ。

今まで放置しといてなによそれ。普段から言っててよ。幼いときから言っててよ。なんで、今なのよ。

宇津木は続けてお母さんのまねをする。

「『私はね、あの子が死にたいと言うたびに、代わってあげたいと思う。あの子が生きてくれるなら、なんだって、どんなことだってする。私たちの、たったひとりの大切な娘なのよ』」

もうダメだった。もうあかんかった。涙は止まらなかった。

直接言ってよ。加代子と出会う前から毎日しつこいくらいに言っててよ。言っててくれたら、こんな未来じゃなかったよ。

私は宇津木が持っている大きなトンカチを奪って黒いレクサスの上に乗り、フロントガラスを何度も叩いた。泣き叫んで叩いた。

わかっていた。全部私のせい。お父さんお母さんのせいじゃない。私が私の手でなにもかもをダメにしてきた。そんなことはわかっていた。それが悔しくて、その悔しさをどこに向ければいいのかわからなくて、少なくともこのレクサスだけは私の人生くらいダメにしてやろうと思った。人間関係にひび、精神に亀裂、信用に穴、心に空洞、それゆえ廃車の私の人生と同じくらいに傷をつけたかった。


サイレンの音が聞こえてきたとき、逃げろ！　とお父さんが嬉しそうに叫んだ。お母さんと手を繋ぎ、私に手を振って走って去っていく。これから二人で仲良く旅行にいくみたいに笑顔で。

両親は自宅に帰り、私たちは別のどこかへ逃げる手筈になっていると宇津木は言った。私はナムちゃん家にいかないといけなかったからその旨を伝え、その場から走って逃げた。

走る足を一歩踏み出すたびに、私の中の空洞が満たされていった。

人の家を破壊するという充足感と、いびつな家族の団結からくる安心感。どちらも正しくないし、ゆがんでいる。お父さんは家を出ていったし、お母さんも手切れ金みたいに私に三万円渡してきたし、もう私たちは家族じゃない。それにみんな警察に捕まるし、私の刑期は長いし、どん底には違いない。でも私たちの全部が間違っていても、温かいなにかはあった。

こうして懸命に走っていると、小学校の運動会を思い出した。小学校一年生の運動会はお父さんもお母さんもきた。それ以降は運動会も授業参観もお母さんだけがくるか、二人ともこないかのどちらかだった。三人そろえば決まりごとみたいに喧嘩するのがうちの両親だけど、この日は最後まで平穏だった。夜ごはんもファミレスで食べた気がする。

私は当時から賢くなくて、運動も苦手で無口で友達はいなかった。運動会でもふざけ合う同級生たちの横でじっと立っていた。かけっこも最下位で、特にそれについてなにかを思うこともなかった。

秋の晴れた空の下でお昼ごはんを食べているとき「お前は友達とかおらんのか」とお父さんは言った。お母さんがつくったお弁当を食べながらビールを飲んで。私がなにも答えずにいると、ええよ、とお父さんは言った。

「それでええよ。自分らしくしてたらええわ。お前が楽しいと思うことをしてたらそれでええ」

午後は団体競技だったと思うけど、なにをしたかは忘れた。ただ私が玉入れかなにかをしているときに、お父さんが大声で叫んでいたことは覚えている。

「美帆！　いけえ、お前ならいける。お前はすごい子や、お前やったらなんでもできる。頑張れえ」

私は恥ずかしかった。恥ずかしくって私のことじゃないふりをしたくて、隣の子に話しかけた気がする。私が誰かに話しかけるのはこれが初めてだった。

そのあとのリレーでは私は一生懸命走ったし、同級生の応援もした。お父さんとお母さんにいいところを見せたかった。私にとっては、これが私の世界が開いた瞬間だったかもしれない。

私はきっと私が思っているより両親に応援されて生きてきた。それをちゃんと理解していれば、もうちょっとまともに生きていくことはできたはずだ。借金はするし誰とでもセックスはするし死にたいしろくな人間じゃない。それでもどこかでやり直すチャンスはあったはずだ。それが今かもしれないけれど、私のせいで加代子が死んだのに虫が良すぎるとは思う。

でももし許されるのなら、もしちゃんと罪を償って更生できたなら、そのときは生きてみようかなと思う。家族三人で、まあ宇津木も一緒に。あとはナムちゃんとか大事な人たちも一緒に。


ナムちゃんのマンションに着き、階段を五階まで駆け上がる。

ナムちゃんを悲しませたことは、もうひたすらに謝るしかない。なんの言い訳もせず、取り繕うことなくただ謝ろう。人はいずれ過ちを犯す。でも過ちだらけのこの二十五年も、今日から変われる。そんな気がする。

チャイムを押すことなくドアを開けた。

部屋は冷たかった。エアコンはついているのに、外よりも寒かった。ナムちゃんは床に座っていた。

遅くなってごめん、と言ってから気づいた。私の頭はどこまでもぬるく、おめでたかった。

ドアノブにひもをかけ、首を吊っているナムちゃんを見て、ああそうか、と思った。

きれいな茶色い髪が顔にかかり、髪の間からナムちゃんの美しい目元と鼻筋が見えて、そうだよね、と思った。

そっか、そうだよね。なんか私、勘違いしてたみたい。全部うまくいくかもって思っちゃってた。そんなわけないよね。

ちょっと今日が楽しかったくらいで、この先もずっと生きていけるような気になっていた。これから生まれ変わろうなんて思っていた。そんなうまくいくはずはないのに。どこまでもバカだね。

なにもはたらかない頭で携帯を取り出した。無意識に近かった。救急車を呼ぼうと考えたんだと思う。そのとき、一時間前にナムちゃんからメッセージがあったことに気づいた。

全部アメのせい。美帆のことを恨んでも仕方がない。そのような趣旨で長文のメッセージが始まっている。

いろいろつらかった。アメがいるからお金がないのに無理して家賃の高い広いマンションを借りて、ぎりぎりの生活をしていた。専門学校にいきたいなんてうそもついて。そんな余裕どこにもないのに。バイト先のベトナム料理屋もつぶれることになって、来月からの生活費もない。

「あとね、妊娠してることがわかったの。びっくりだよね。結婚できるかもって思ってちょっと嬉しかったんだ。でもバカだった。あいつに期待したのが間違ってた。ひとりで産んで育てる？　お金も身寄りもないのに？　そんなことできるわけないよ。ねぇ、私はいつも笑顔で強く生きているように見えた？　浮気されても平気で気丈な女に見えた？　全然そんなことないんだ私。毎回つらくて泣いて落ち込んで、そのたびに死にたかった。あんたはよく死にたいって言ってたけどさ、死にたくない人なんていいる？　苦しいのはみんな一緒だよ。私も、家も仕事もお金もなくなるよ。信頼できる人も家族もいないよ。それでも私は笑顔で生きなきゃいけなかったかな。全部平気なふりをしなきゃいけなかったかな」

私は顔を上げて部屋の天井を見た。涙が両方の目から流れた。

私はなんにも知らない。ナムちゃんのことなんてなんにも知らないのに知った気になって、いちばん大切とか大好きとか言って甘えて。

情けなかった。ナムちゃんじゃなくて私が生きていて情けなかった。これからも生きていこうと少しでも思ったことが、情けなかった。

人にたくさん迷惑をかけて生きてきた結果がこれ。大切な人を死ぬまで追い詰めたのは私。自分のことしか考えてなくて、明日からも生きていこうなんて甘いことを思って。

深呼吸をした。迷いはなかった。

死にたいとか死ぬべきとかではなかった。今日のこの時間この場所で私が死ぬことは、生まれたときから決まっていたのだと思った。だからみんなを悲しませることになるとも思わなかった。私が死んでお母さんが泣くのは、お母さん自身のためだろう。

私はベランダに出た。

寒くなかった。今年いちばんの寒波はもうこない。季節は私と違ってちゃんと前進している。

そのとき、家のドアが開く音がした。

宇津木かと思った。宇津木が私の自殺を止めようとしにきたのかと思った。私が地獄にいくのを止めてくれるのはいつも宇津木だから。でも違った。

アメが息を切らせて部屋に入ってきた。ベランダに立つ私と目が合う。アメはすぐに目線を左に向け、ドアノブで首を吊っているナムちゃんを確認する。

きっとアメはナムちゃんからのメッセージを見て、慌ててここにきたのだろう。ナムちゃんが自殺するかもしれないと思ってきてみたら、本当に自殺していた。最悪のケースを想像してきたけれど、本当に最悪のケースが展開されるとは思っていなかった。そんな表情をしている。

私はアメの様子をじっと見た。クソ野郎がこれからどんな反応をするか見たかった。

アメはまず両手で自分の顔を覆った。そのあと天井を見て、ふうと長い息を吐く。それから私をまっすぐ見た。

「美帆ちゃんは、死ぬの？」

ベランダに立つ私を見て、飛び降りようとしているのがわかったのだろう。

うん、と私はベランダの欄干にもたれながら言った。

「そうするしかないなって思う」

「罪悪感で？」

私は考えてみる。罪悪感ではない気がする。複合的な事情があって、私の人生の終着点がここだっただけ。

「わかんない。今日ここで死ぬのが決まってたんだなって思ったの」

俺はさ、とアメはなにかをあきらめたような顔をする。

「死ねないと思う。全然生きていく。俺がここにきて最初に思ったことってさ、こいつからきたメッセージを消去できないかな、ってことだったのよ。俺のせいで自殺したって証拠をどうにか消せないかな、って。最低じゃない？　でもやっぱり俺はそういう人間なんだなと思ったよ」

アメが予想どおりの男で私は安心した。

「じゃあ殺してあげるよ、私が。ナムちゃんに代わって。きっと喜んでもらえると思う。あの世で謝ってきなよ。でもナムちゃんは天国だろうから、地獄からテレビ電話するしかないけど」

アメは笑みを浮かべて首を振る。

「いいよ、遠慮しとく。反省して生きていくよ」

私は大声で笑った。

「反省？　私たちが反省なんて絶対無理だよね？　反省してるふりして今後もっとひどいことをするよ。ねえ、だからもう死のう？　ここから一緒に飛び降りよ？　私たちにできることってそれくらいしかないよ」

「俺たちが死んでもなんの意味もないよ」

「ねえ、アメ。とりあえずこっちにきて。キスしてあげるから。ナムちゃんにばれないようにキスするから、きてよ」

「いかないよ。とりあえず警察に連絡する。救急車もいるのかな」

こいっつってんだろ！　と私は叫んだ。

「早くこいよ！　お前みたいなクズは黙ってこっちにこい！　すぐ突き落とすから早くこいよ！」

アメは目を細めて私の狂気を見ている。

「私もすぐ飛び降りるから。地獄ではセックスはしないけど、普通に友達にはなれると思うから。だからきてよ。早く死んでよ」

アメは黙って首を振り、警察と消防には連絡しておく、と言って家を出ていった。

部屋は静かになった。とびきり静かだった。

体は重く、疲れていた。でも叫んだからか、頭の中はすっきりしている。純粋に、あとは私が死ぬだけだと思える。

地獄のほうから私に歩み寄ってくるみたいに、死が現実味を帯びていく。怖くもなんともない。まっすぐ示された道に一歩踏み出すだけ。

期待した走馬灯はたぶん見ない。私の場合は死ぬ瞬間に地獄に切り替わる。すべての思い出が灰になって、気づいたときには地獄の入口で罪人たちの列に並んで前にならえをしている。

冷たい空気を肺いっぱいに入れる。

よし、と声に出す。背を預けていた欄干のほうを向き、手すりに手をかける。下に目をやったときに気づいた。私はあきれて笑ってしまった。宇津木が両手を広げて待っていて、その表情が真剣そのものだったから。

いやそれは無理だから。ここ五階だし。五階から飛び降りた人をキャッチするのは不可能だから。

それを伝えようとしたときに、間に合った、と大声で言いながらお父さんとお母さんがきた。息を切らせて、ここにきただけで目的を達成できたみたいに膝に手をついて。

おそらく宇津木はベランダに立つ私を見てすべてを悟り、下で待っていた。私がアメと言い争う声を聞いて、両親を呼べば間に合うかもしれないと思い連絡した。そして両親は慌ててここにやってきた。たぶんそういうことだろう。

説得されようが、私は飛ぶのに。お母さんに泣いて懇願されても私は死ぬのに。

両親は息を整えて宇津木の近くに立ち、両手を広げた。真剣な表情で。三人とも真面目な顔をして私を見上げている。

いや、だから無理だからそれ。

私は彼らの説得が始まるのを待った。集まったからにはなにか言うことがあるんだろう。私から言うことはなにもないし。

でも彼らはなにも言わずにただ両手を広げて私を待っている。なにかの競技みたいに。

いつまで経っても説得が始まらないので、我慢できなくなって「それ無理だから！」と私のほうから話しかけてしまった。

「たぶん私が死んで何人か怪我するだけ！　助けるとか絶対無理だから！」

「そんなもんやってみなわかれへんやろ！」

お父さんがバカなことを言ったのに、宇津木もお母さんもさも当然みたいな顔をして私を見ている。

でもな、美帆、とお父さんは続ける。

「お父さん、おしっこいきたいんや。だからちょっと早くしてくれへんか？」

は？　とお母さんは驚いてお父さんのほうを見る。

「ちょっとなにを言ってるの？　バカじゃないの？」

「俺、窓割ってるときからずっと我慢しとったんや。やっと家帰れた思たらすぐここ来なあかんし。トイレいく時間なかったんや」

「じゃあもういってきなさいよ、早く」

「俺がトイレいってる間に美帆が飛んだらどないすんねん。俺なにしにきたんや、ってなるやろ」

「だからって早く飛べなんて言える？　頭おかしいんじゃないの？　宇津木くんもちょっとなんか言ってあげてよ」

「男のほうがおしっこ近いんや。お母さんにはわからんわ。な？」

「で、でももしかしたらトイレいく時間はあるんじゃないですか？　ちょっと美帆さんに訊きましょうか」

「そんなこと訊くな！」と私は叫んだ。

どうして私が親のおしっこの許可をする。トイレくらい好きにいけばいい。お父さんが背を向けた瞬間に飛ぶけども。

彼らは加代子の家を破壊した高揚そのままにここにいて、あの豪邸がいつか元通りになるように、私が死んでもいつか復活すると思っているのかもしれない。

それに、彼らはナムちゃんが死んだことを知らない。私のせいで死んだことを。だからへらへらしていられる。あの心優しいナムちゃんの未来は私が奪った。そんな私にだけ明日があるなんて許されるはずがない。私がここで死ぬという運命は決定されている。そんなことを彼らは知らない。

三人が小声で、宇津木くん手から血が出ている、やだ痛そう、加代子の家の窓ガラスのせいかも、それ病院いかなあかんど、なんていうどうでもいい話をしているときに、私はベランダの手すりによじのぼって腰掛けた。

その様子を見て、待て！　とお父さんが叫ぶ。

「ちょっと、一回部屋の中に入ってお茶飲んでくれ。喉かわいてるやろ。な、頼むわ」

ようやく緊張を帯びて必死に話すお父さんは、おしっこを我慢しているせいか喜劇的だった。

「私がここで死ぬことは決まってるの。きっとみんなにもいつかわかるよ、自分が死ぬとき。だから邪魔しないで」

お父さんは、ふうと大きく息をついた。普段は大きく曲がった背筋が、ここいちばんで伸びたように見える。娘が今から死ぬのだから背筋くらいしゃんとするものなのかもしれない。

「お前になにがあったんかは知らん。死ぬ理由はきっとあるんやろう。だからもし、もし死ねたら、お前の言うとおり今が死ぬときやったんかもしらん。でもな、もし死なんかったら、もし助かったら、そのときはあきらめて生きろよ。約束やぞ。生きなあかんねやったら、生きなしゃあないがな」

しばらく考えて、わかった、と私は答えた。なにもわかってないのにそう答えた。このやりとりが面倒だったし、お父さんのおしっこのことを気にしないといけないのも嫌だった。

覚悟を決めたのか、三人は腰を低く落とした。受け止められるはずはないのに、なんとかしようという気合だけは感じられる。

絶対無理なのに。みんなが届かないところに向かって飛ぶのに。

……でももし生きてしまったら、こんな私でも生きなしゃあないのだろうか？　破滅のダンスを踊り続けるために生きなしゃあないのだろうか。

ていうか生きなしゃあないってなによ？

確かに死ぬことに本質的な意味はない。加代子とナムちゃんへの贖罪《しょくざい》と、この行き詰まった現実からの安直な逃避、あとはなんとなく死ぬ以外に選択肢がなさそうだから。感覚と気分。それだけ。

でも生きる理由のほうがもっとない。私が生きてもいろんな人に迷惑をかけ続けるだけだし。お父さんもお母さんもそれにうんざりしてたじゃん。生きろ、なんて言うけど、私のかける迷惑まで全部を愛する覚悟はないでしょ。家出ていくくせに。いなくなるくせに。明日から家族じゃなくなるくせに。


ねえ、と私は言う。そんなつもりはなかったのに言葉が出た。

「お父さんとお母さんはさ、私のこと、好き？」

なんやそれ、とお父さんが言い、もちろんよ、とお母さんが優しい声で答える。

じゃあさ、と私は言った。

「もし助かったら、もし私が生きていたら、またみんなで暮らせるかな？　お父さんもお母さんも、もう、どこにもいかない？」

声が震えた。なぜ今こんなことを言ったのかわからなかった。

今さら両親になにを期待するというのか。この期《ご》に及んで、もし生きていたら、なんてどうかしている。そんなことを思いながらも言葉は勝手に口から出ていく。

「お父さんとお母さんは、ずっと私のお父さんとお母さんでいてよ。もう無理なんて言わないでよ。またみんなで、ごはん、食べようよ……」

私は泣きながら話していた。涙が止まらなかった。

お母さんが顔を覆った。泣いているんだと思う。お父さんも「そんなもんわかっとるわ」とつぶやいて涙をぬぐう。なぜか宇津木がいちばん嗚咽していて、やっぱり変なやつだなと思う。


なんとなく、もう大丈夫だと思った。私が死んでも生きても、どっちでも。

そもそも、生きるも死ぬも、その差はよくわからない。よく考えれば私が今、死にたい、と思っているのも、セックスしたい、と同じで刹那的な感情でしかない気がする。その思いが真剣で、実際に私が死んだとしても、その死は結局のところ「死ぬ」というファッションでしかない。贖罪とかいろんな理由があって死んだんです生きるのやめたんですイェーイ、に大義はない。

とはいえ加代子もナムちゃんも死んだのに私が生きていくなんておかしいとは思う。

でも私が死んだからってどうなるの？　地獄で永遠の苦しみを受けていたら、彼女たちは納得するの？　あの世のライブ放送で私が苦しんでる姿を見たら安心する？

もしそうなら、私はここで死ぬだろう。彼女たちが私に死を望むならそのように運命は決定されるだろう。それならそれでいい。望まれれば望まれるままに死んでゆきたい。

でももしみんなが私に無関心で、私の生死なんかどうでもよくて、たまたま私が生きてしまったら、それはお父さんの言うとおり生きなしゃあないのかもしれない。生きる理由もどうやらある。

要するにどっちでもいいのだ。生きようが死のうが。そんなことは私の知ったことじゃない。運命が勝手に決めればいい。

でも、生きてほしいなら、受け止めてみろ、と思う。五階から飛ぶ人間を素手で受け止めてみろ。奇跡を起こしてみろ。迷惑しかかけない娘が最後まで迷惑をかけているわけだけど、そのすべてを受け止めてみろ。

家族として、私を受け入れてみろ。

「よし！　いくよ！」

私は叫んだ。
そして三人のほうに向かって、飛んだ。
明日がくるかどうかは、まだわからない。

初出　「文藝」二〇二三年冬季号

図野象（ずの・しょう）
一九八八年、大阪府生まれ。
二〇二三年、「おわりのそこみえ」で第六〇回文藝賞優秀作を受賞。

おわりのそこみえ

二〇二三年一一月二〇日　初版印刷
二〇二三年一一月三〇日　初版発行

著者　図野象
装幀　坂野公一＋吉田友美（welle design）
装画　小林ラン
発行者　小野寺優
発行所　株式会社河出書房新社
〒一五一-〇〇五一
東京都渋谷区千駄ヶ谷二-三二-二
電話　〇三-三四〇四-一二〇一（営業）
〇三-三四〇四-八六一一（編集）
https://www.kawade.co.jp/
組版　KAWADE DTP WORKS
印刷　大日本印刷株式会社
製本　大口製本印刷株式会社

Printed in Japan
ISBN978-4-309-03161-3

第60回文藝賞

無敵の犬の夜

小泉綾子

「この先俺は、きっと何もなれんと思う。
夢の見方を知らんけん」北九州の片田舎。
中学生の界は、地元で知り合った
「バリイケとる」男・橘さんに心酔するのだが——。
第60回文藝賞受賞作。

◉

解答者は走ってください

佐佐木陸

この世界は壊すべきである、◯か×か？
アクアグリーンの髪を持った怜王《れお》鳴門《なるど》をめぐる、
驚愕のマルチバース文学が、読むものを挑発する。
第60回文藝賞優秀作。